無能令嬢の契約結婚

香月文香

STARTS
スターツ出版株式会社

何よりも異能が尊ばれる國に、その男爵令嬢は異能のない「無能」として生まれてしまった。

しかし、周囲から虐げられる彼女の日々は、当代最強と恐れられる異能の軍人伯爵との出会いによって一変する。

これは、少女が唯一の妻として愛され——愛を返せるようになるまでの物語。

目次

無能令嬢の契約結婚

序章

相良櫻子《さがらさくらこ》は「無能」だった。

「お姉さま、早く髪を梳《と》かしなさいな。今日は女学校のお友だちと、中央通りに新しくできたミルクホールへ行くのよ」

相良家で一番広い和室、壁際の鏡台《きょうだい》に向かった少女が、自慢げに言った。少女は白磁《はくじ》の肌に愛らしい丸い瞳を持ち、鮮《あざ》やかな蝶文様《ちょうもんよう》の着物と深い紫色の袴《はかま》をまとっている。街を歩けば道ゆく人々の視線を独占する美貌《びぼう》を持った彼女は、櫻子の妹、深《み》雪《ゆき》だった。歳は十七で、櫻子より一つ下。絹のように艶《つや》やかな黒髪を背中に流し、鏡越しに櫻子を見やる。

「ほら、早く。いくら『無能』なお姉さまでも、それくらいはできるでしょう?」

「はい、ただいま……」

柘植《つげ》の櫛《くし》を手にした櫻子は深雪の背後に立つ。痩《や》せた手でゆっくりと櫛を髪に通していった。

深雪に比べて櫻子の恰好はいかにもみすぼらしい。すり切れてくすんだ灰色の絣《かすり》に、艶を失った髪を飾り気もなく一つにまとめただけ。肌は不健康に青白く、陰鬱《いんうつ》な表情が顔全体に暗い影を落としていた。体つきも華奢《きゃしゃ》というよりは全体的に薄く、袖《そで》から伸びる手首には骨の形が浮いている。

櫻子が髪を梳かしていると櫛の歯が深雪の髪に引っかかった。くん、と深雪の頭が後ろに軽く引っ張られる。

途端《とたん》、深雪の手のひらから文字通り火花が散った。

「何するのよ！」

勢いよく振り向き、バチバチと火の粉を飛ばす手のひらで櫻子の頬《ほお》を張る。パァンと乾いた音がして櫻子は畳にくずおれた。

「も、申し訳ありません……」

「謝罪なんて当たり前よ！　この私に向かってなんて態度なの！　髪を梳かすことも満足にできないわけ!?」

「申し訳……」

容赦《ようしゃ》ない打擲《ちょうちゃく》を受けた頬を押さえ、櫻子は謝罪を繰り返す。もうずっとこうだった。彼女にできるのは謝ることだけ。それが「無能」な彼女に許された唯一の権利だった。

騒ぎを聞きつけて、二人の母である紅葉《もみじ》が部屋へやって来る。手のひらから火花を散らす深雪と畳の上に這《は》いつくばった櫻子を見て、だいたい様子を察したようだった。

「櫻子、あなたはまた失敗したの？　深雪を怒らせるあなたが悪いのよ」

冷たい目で櫻子を見下ろす。櫻子がまた謝罪しようとしたところで一転して温かな眼差しを深雪に向けた。

「深雪、あなたの異能は強力なのだから、無能な櫻子にも手加減しておやりなさいね。無能が死んだらあなたの経歴に傷がつくわ。深雪はこの相良家を継ぐ者なのだから、気をつけて。お父さまも私も、あなたに期待しているわ」

「はーい。わかりましたわ、お母さま。死なない程度にね」

ちら、と櫻子に視線をやる。くすくす笑って櫻子を蹴飛ばし、母のもとへ歩み寄った。

「ねえお母さま、私、新しい服が欲しいわ。百貨店に外つ国《とつくに》の綺麗《きれい》なドレスが入ったのよ。今度の御門《みかど》主催の夜会《やかい》のために用意しなくちゃ」

「まあ、それは買わなくてはね。とびきり良いものを揃《そろ》えてあげましょう。深雪なら御門のお目に留まって玉の輿《こし》も夢ではないわ」

二人はもはや櫻子には目もくれず部屋を出ていく。ついで使用人が部屋の前を通りすぎたが、見て見ぬふりをして立ち去った。その軽やかな足音を聞きながら、櫻子は心の中で呟《つぶや》いた。

——どこか遠くへ行きたい、な。

けれど櫻子に許された「遠く」とは、あの世か日本くらいしかなく、どちらがより近いかといえば、冗談でなくあの世なのだった。

櫻子の住む至間國《いたるまのくに》は、日本の自治州《じちしゅう》である。日本海に囲まれた大きな島であり、御門と呼ばれる君主を戴《いただ》き、日本と対等の地位を築いている。それを可能にしているのが、至間國の民が持つ異能だった。

異能――通常の人間にはあり得ぬ超常の力。何もないところに雷を落としたり、強い風を巻き起こしたり、手も触れずに物を動かしたりする。深雪が見せた発火能力も異能の一つだ。至間國民はあまねく異能者であり、その脅威《きょうい》をもって至間國は日本を含むほかの国と渡り合っている。そのため、至間國では強力な異能者を作り出すことが非常に重要だった。

異能が遺伝することは古くから知られており、必然、強力な異能者同士で結束を固める。そうして自然発生した血族のうち、特に強力な一族に、御門は華族として爵位《しゃくい》を与え、至間國での便宜《べんぎ》を図《はか》った。

相良家も由緒《ゆいしょ》正しい男爵家である。最近は強力な異能者が生まれず燻《くすぶ》っていたところに誕生したのが深雪だった。両親は深雪に特別の愛情を注ぎ、相良家の復権を恃《たの》んでいる。櫻子が母の胎内《たいない》に置き忘れた力を全て吸収したかのように、深雪には強力な発火の異能が備わっていた。

そう、相良櫻子には異能がなかった。発火も、風起こしも、読心《どくしん》も、特別なことは一切できない。

至間國ではおそらく彼女だけである。櫻子は相良家の恥として使用人以下の扱いを受け、使用人からですら、不気味と思われ遠ざけられているのだった。

あくる日の昼。相良家の門前《もんぜん》にて、櫻子は一人、掃《は》き掃除をしていた。風の流れのせいか庭に植えられた植木の葉が溜《た》まるのである。客を出迎えるときに葉一枚でも落ちていたら容赦なく紅葉や深雪からの折檻《せっかん》を受けるので、使用人はこの仕事を櫻子に押しつけていた。

櫻子は箒《ほうき》でかき集めた木の葉の山をぼんやり眺《なが》めた。そっと手のひらをかざし、葉が燃え上がるさまを夢想《むそう》する。

「……葉よ、燃えろっ」

もちろん何も起こらない。木の葉は燦々《さんさん》と昼の日差しに照らされ、変わりなく山積みになっている。照れくさくなって思わず辺りを見回した。

その瞬間、顔から血の気《け》が引く。

「あらお姉さま、続けてくれていいのよ?」

少し離れた庭木の影から、深雪がくすくす笑いながらこちらを見ていた。後ろには使用人を一人従《したが》えている。使用人は、何かの書籍をたくさん抱《かか》えていた。

「……も、申し訳ございません」

「うふふ、無能のくせに異能を夢見るなんて、なんて健気《けなげ》なのかしら。異能で葉を燃やすにはね、こうするのよ。お手本を見せて差し上げるわ」

深雪が使用人に片手を振って合図《あいず》する。しずしずと進み出た使用人が腕に抱えた書籍を木の葉の山にどさりと投げ落とした。そこでやっと、櫻子はそれが何か気づいた。

「これは……私の、大切な……！」

それらの書籍は全て「日本」に関する資料だった。櫻子に与えられた部屋という名の蔵には、代々の相良家当主が蒐集《しゅうしゅう》した書籍が父の庄太郎《しょうたろう》の「読まないから」という命令によってぎっしり収められている。文字も読めない頃は寝床《ねどこ》を圧迫する大量の書籍を鬱陶《うっとう》しく思っていたが、成長するにつれてそれがどれほど貴重なものか理解した。

そこには、夢があった。

櫻子には決して与えられない自由、未来、世界、愛。それら全てがこの世のどこかには存在すると教えてくれた。

蔵には専門書から読本《よみほん》まで、領域を問わずさまざまな書籍があった。その中でも櫻子は、特に日本に関する書籍に夢中になった。

海の向こう側にあるというその国には異能がないのだそうだ。それにもかかわらずとても豊かで、心優しい人で溢《あふ》れ、まるで天国のようだという。

その事実が、どれほど「無能」の櫻子にとって慰《なぐさ》めになったか。

それが今、深雪によって燃やされようとしている。

「やめて……っ」

櫻子は悲鳴を上げながら書籍に覆《おお》いかぶさった。その上では深雪が手のひらから火花を散らしている。櫻子の背中に火の粉が振り落ちた。何度も水をくぐってすり切れた絣が、焦げくさいにおいを発する。けれど櫻子にはどうでも良いことだった。このまま書籍とともに燃やされたって構わない。櫻子のたった一つの味方とともに灰になるなら、今まで彼女がそれらに支えられて生きてきた恩返しだとさえ思った。

「ずいぶん反抗的ね？　せっかく私が異能のなんたるかをお姉さまに教えてあげようっていうのに」

深雪の手のひらからは、いよいよ眩《まばゆ》いほどの火花が溢れる。櫻子はぎゅっと目を瞑《つむ》り体を硬くした。熱さも感じなかった。

「お嬢さま、さすがに死人が出ます」

書籍から退《しりぞ》く様子のない櫻子を見下ろし、使用人が言う。深雪が不機嫌そうに舌打ちした。

「死なない程度、とはお母さまからも釘を刺されているのよね。いいわ。勘弁《かんべん》してあげる」

深雪の言葉に櫻子はほっと息をついた。勘弁、なんて単語を深雪の口から初めて聞いた。

もしかして、守り切れたのだろうか。自分の夢を、大切なものを。そう思うと、こわばっていた体から緊張がほどける。その隙に、乱暴に襟《えり》を掴まれた。

あ、と思う間もなかった。

櫻子が使用人の手によって地面に引き倒されているうちに、深雪が手のひらの火花を全て書籍の上に落とした。

櫻子の瞳が限界まで見開かれる。その目の前で、書籍は赤々と燃えていった。嫌がるようにページが身をよじるのに、木の葉に燃え移って勢いを得た炎は容赦なく全てを呑《の》み込んでいく。ページに書かれた文字も、美しい写真も、くすんだ灰に変わっていく。

「……あ、あ」

悲鳴が喉《のど》に詰まって、櫻子の口からは低い呻《うめ》き声しか出てこない。火を消したくても、体は使用人に押さえつけられていて振りほどけない。

燃え盛る炎の前で深雪だけが楽しげだった。鈴が鳴るような声で可憐《かれん》に笑う。

「お姉さま、これが異能よ。特別な力というのはこう使うの。おわかり？」

そうして、地面に横たわる櫻子を冷たく見下ろす。草履《ぞうり》を履《は》いた片足を上げ、櫻子の頭に振り下ろした。深雪の足を包む、鮮やかな青の鼻緒《はなお》の草履が、櫻子の頭を地面にこすりつけた。

櫻子はぐっと歯を食いしばり、口の中を切らないようにした。顔中に砂利《じゃり》が食い込んで痛い。でも、心の方がもっと痛かった。

すぐそばでは今も炎の燃える音がする。それは本たちが苦しみ悶《もだ》える声にも聞こえた。

(でも、私には何もできない……)

深雪に踏みつけられながら、櫻子はだらりと四肢《しし》の力を抜いた。深い諦めが櫻子の心を覆った。

やがて書籍と木の葉の山が燃え尽きると、深雪は満足したのか櫻子から足を退《ど》かした。

「じゃあお姉さま、このゴミ、片づけておいてね」

「……は、い……」

拘束《こうそく》から解放され、櫻子はよろよろと体を起こした。地面に押しつけられた顔だけでなく体の節々が鈍く痛む。深雪はそんな櫻子を一瞥《いちべつ》もせず、使用人を従えて優雅《ゆうが》な足取りで去っていった。

残された櫻子は一人、ぼう、と燃え滓《かす》の山を見つめる。かつて櫻子を救ってくれたものたちの、それが最期《さいご》だった。

唇を噛みしめる。瞳は乾き切って、涙すら出ない。ただ胸が塞《ふさ》がれたように上手く息が吸えない。

しばらく立ち尽くしていたが、誰が通りかかるわけでもなく櫻子に救いの手を差し伸べるものはいない。昼下がりの道は人通りもなく、ときどき、風が乾いた土埃《つちぼこり》を巻き上げるくらいだった。そもそもそうでなければ深雪も門前でこんな真似《まね》をしようとはしなかっただろう。深雪は社交界では、相良男爵家の明るくて優しい麗《うるわ》しきお嬢さま、で通っているのだから。

櫻子は汚れた顔を袖で拭《ぬぐ》うと、力なく手を伸ばし燃え滓や灰をかき集めようとした。

そのとき、ごう、と突風が吹いて櫻子にぶつかった。髪がなぶられ、着古した絣の裾《すそ》が翻《ひるがえ》る。燃え滓の山が崩れ、一面に灰が舞い上がった。

思わず顔を覆ったが、突風は一度きりでそのあとはぴたりと止《や》んでしまった。櫻子は雪のように舞う灰を呆然《ぼうぜん》と見上げながら、辺りに散らばった夢の残骸《ざんがい》を葬《ほうむ》るため、そこらに転がっていた箒を手に取った。

珍しく父の庄太郎から呼び出しがあったのは、その日の夜のことだった。

夕食の片づけを済ませた櫻子が庄太郎の執務室《しつむしつ》へ向かうと、そこには父だけでなく、母と妹の姿もあった。父も母も不自然なほど愛想《あいそ》の良い笑顔を浮かべていたが、深雪は入室した櫻子を強く睨《にら》みつけた。その視線の強さに、櫻子は入り口のそばで立ち尽くす。

「おお、櫻子か、もっと近くに寄ると良い」

猫撫で声で庄太郎が櫻子を呼ぶ。紅葉も庄太郎の前に置かれた座布団を手のひらで示し、優しげな微笑《ほほえ》みを浮かべる。

「あなたはここへ座るのよ。私たちの可愛い娘ですもの。立ちっぱなしで大切なお話はできないわ」

「は……」

櫻子は息を呑んだ。未だかつて、こんな言葉を母から渡されたことはない。母からぶつけられる言葉はいつだって尖《とが》った侮蔑《ぶべつ》か怒声《どせい》だった。

その中で、深雪だけが無言である。母の隣に座った彼女は唇を噛んで櫻子を睨み上げていた。櫻子にとってはその方が馴染《なじ》み深かった。

「失礼します」

おそるおそる、示された座布団に座る。座った途端、誰が座れと言った！　というような怒号《どごう》が飛んできて張り倒されるのではないかと怯《おび》えたが、そんなことはなかった。父も母も、相変わらず不気味な笑顔を浮かべている。

「櫻子、お前ももうすぐ十九になるだろう。そろそろ嫁いでいい頃だと思ってな」

庄太郎が口火を切った。櫻子は言葉の意味をすぐには理解できず、ぼんやりと瞬《またた》く。今まで櫻子に教育が与えられたことはなかった。茶の湯も琴も書道も、華族の娘にふさわしい手習いは全て深雪が享受《きょうじゅ》すべきものだったからだ。

そんな櫻子が、今さら嫁入り？　無能の娘を娶《めと》りたい物好きがこの國にいるとは思えない。どこぞの好色《こうしょく》な男に妾《めかけ》として囲われるのだろうか。自分の想像に、櫻子は目の前が暗くなるのを感じた。

「櫻子は私たちの娘だ。親の言う通り、嫁いでくれるな？」

「は、い……」

カラカラに乾いた喉で、なんとかそれだけ返事をした。どうせ嫌だといったところで頷《うなず》くまで鞭《むち》打たれるだけだ。それなら素直《すなお》に頷いてしまった方が被害が少ない。それにもはや、櫻子を救ってくれるものはこの世にはなかった。

ならば嫁入り先がどこだろうがもうどうでも良かった。櫻子は膝《ひざ》の上に力なく視線を落とす。あかぎれだらけの手が重ねられている。爪の間には灰の汚れが残っていた。

紅葉が猫撫で声で言う。

「あなた、嫁ぎ先を教えておいたらどう？」

「おっと、言い忘れていたな」

庄太郎は見たことないほど笑み崩れ、自慢げにその名を口にした。

「仁王路《におうじ》伯爵の次男にして至間國軍務局少佐、仁王路静馬《しずま》さまのところだ」

櫻子はうつむいたまま苦い唾《つば》を飲み込む。

仁王路といえば、彼女ですら知っている名門だ。強力な異能者を多数輩出し、御門の信頼も篤《あつ》いと聞く。そんなところに、櫻子が？　何かの間違いではないのか。

櫻子は慌てて頭の中の華族名鑑《めいかん》を引っ張り出し、仁王路家に若い女を好む助平爺《すけべじじい》がいなかったか記憶をたどった。いなかった。

「な、なぜそのようなところに私が……」

のろのろと顔を上げて呟くと、庄太郎がご機嫌で答えた。

「なんでも、櫻子を街で見かけて一目惚れしてぜひ正妻《せいさい》として迎えたいとのことだ。櫻子は紅葉に似て美しい顔立ちだからな。自慢の娘だよ」

「私でなく深雪の間違いでは」

言いかけた櫻子の言葉を、深雪の叫びが遮《さえぎ》った。

「そうよ！　どうして無能のくせにお姉さまが選ばれたの!?」

深雪は座布団を踏みつけて立ち上がり、庄太郎に詰め寄る。

「仁王路静馬さまといえば、当代最強と恐れられる異能者じゃないの！　私だってお会いしたことのない雲の上の御方よ。それがどうしてお姉さまなんかを！」

庄太郎は愛娘《まなむすめ》の剣幕《けんまく》にたじたじとなりながらも、はっきりと告げた。

「それは私も何度も確認したんだよ。でも、先方は無能の姉の方だと言うんだ。この家に無能は一人しかいない。私とて不思議だが、わかっておくれ。こんなわけのわからない縁談《えんだん》でも、仁王路家とつながりができる機会を逃《のが》すわけにはいかないんだ。それに深雪は変わらず我が相良家の後継者だ。そのうちに良い縁談を見つけてあげるから」

フーッと荒い息を吐く深雪をなだめるように、庄太郎が言う。紅葉も腰を上げ「櫻子に一目惚れする男がいるわけないでしょう。何か裏があるに違いないわ。深雪の方がよほどまともな婚約ができるのだから」と深雪の背中を撫でる。

散々な言われようだが、櫻子も全面的にその意見に賛成だった。一切合切《いっさいがっさい》が恋で片づく夢物語は存在しない。櫻子はなんらかの異常事態に巻き込まれている。しかし、彼女の家族は娘を守るつもりはさらさらなく、むしろそんな厄介事《やっかいごと》に大切な深雪が巻き込まれなくて良かったと胸を撫で下ろしているのだ。

早鐘《はやがね》を打つ心臓を、両手のひらでぎゅっと押さえる。

自分が誰かの花嫁になるなど、文字通り、夢に見たことさえなかった。櫻子には何もない。異能はもちろん、教養も、美しさも、明るさも。彼女が所有することを許されたのは、その身一つだけだった。それも、家族への献身《けんしん》を条件として。

（そんな私が……この家を出て、嫁入りを？）

ちか、と星の瞬くような光が胸をよぎって、すぐにそれはかき消えた。上手くやれるとは思えなかった。「無能」の花嫁に、一体何ができるというのか。期待外れだ、と呆れ返る未来の夫のため息さえ聞こえる気がした。

――櫻子がふらついた足取りで執務室をあとにしても、誰も彼女を追ってはこなかった。

第一章

嫁入り当日。晴れ渡った空の下、櫻子は相良家の門前で仁王路静馬を待っていた。静馬の意向で結婚式は行わず、相良家まで静馬が櫻子を迎えに来る手筈《てはず》になっている。以降、櫻子は彼の家で暮らす。それがこの婚姻《こんいん》の全てだった。

今日の櫻子は、綺麗に髪を整え、化粧を施《ほどこ》し、紅葉のお下がりの上等な訪問着を身にまとっていた。相良家令嬢に見えるよう紅葉が取り計《はか》らった結果だ。

「ふん、どうせとんでもない醜男《ぶおとこ》よ」

櫻子の後ろに立つ深雪が吐き捨てる。それでも下ろしたての振袖《ふりそで》を着ているのは、仁王路伯爵の名前に釣られたからに違いない。もし静馬の目に止まればほかの名家との婚姻につながる可能性だってある。

そのとき、道の向こうから黒い自動車が走ってきた。至間國では自動車は高価だ。珍しい光景に櫻子が思わず目で追っていると、それはどんどん近づいてきて、やがて彼女の前にゆっくりと停車した。動物の唸《うな》り声のような、低いエンジン音に身をすくませる。背後に立つ深雪や両親も驚いたように息を呑むのがわかった。

運転席のドアが音も立てずに滑《なめ》らかに開く。そこから降りてきたのはすらりと背の高い美青年だった。櫻子より少し歳上だろうか。白皙《はくせき》の肌に凄《すご》みを感じるほど整った顔立ち。切れ長の瞳は血のような緋《あか》で、白銀の髪が日差しを受けてきらめいている。その身を包む黒の三揃《みつぞろ》いが、さらに凛々《りり》しさを際立《きわだ》たせていた。

男は呆然と見上げる櫻子に微笑みかけると、優雅に一礼した。彼の耳につけられた大ぶりの装身具《そうしんぐ》が、涼《すず》しい音を立てて揺れる。

「仁王路家が次男、仁王路静馬と申します。このたびは相良櫻子さまを貰《もら》い受けに参上しました」

予想だにしなかった光景に、櫻子は瞬《まばた》き一つできない。最初に衝撃《しょうげき》から覚《さ》めたのは父の庄太郎で、相好《そうごう》を崩して静馬に話しかけた。

「いえいえ、仁王路さまのような立派な方に嫁げるとは、ふつつかな娘にとっては望《ぼう》外《がい》の喜びでございますよ。ささ、櫻子も何か言いなさい」

突然話の矛先《ほこさき》を向けられ、櫻子はうろたえた。静馬が黙って櫻子を見ている。本人としてはただ眺めているだけなのだろうが、美しいものの視線には圧がある。結局、櫻子はぺこりと頭を下げ「ふつつか者ですが、よろしくお願いいたします」と蚊《か》の鳴くような声で挨拶《あいさつ》を述べることしかできなかった。

「緊張していらっしゃるのかな」

静馬が軽《かろ》やかに笑う。それから一歩足を踏み出し、櫻子をふわりと抱き上げた。

「……きゃっ！」

足が宙に浮き、櫻子は身をこわばらせた。背と膝裏を支える静馬の腕は小揺るぎもしない。それでも櫻子は恐怖を感じ、しかしもちろん静馬に抱きつくなどという芸当は不可能で、急に近づいた彼の顔を直視できず涙目で硬直するしかなかった。

「それでは皆さま、失礼しますね」

庄太郎たちに何かを言う隙《すき》を与えず櫻子を助手席に座らせると、静馬は自分も運転席に乗り込んで車を発進させた。


「あの、一つお聞きしたいのですが」

櫻子がようやく言葉を発する余裕を取り戻したのは、静馬の住む仁王路家の別邸に到着してからだった。國の中枢である至間宮にほど近い場所に立つ屋敷は、櫻子からして見れば広大な洋館で、静馬に言わせれば仁王路家の本邸の物置らしい。静馬はその別邸に一人で暮らしており、今日からは櫻子と二人暮らしということだった。

「何かな？」

玄関ホールで、静馬と櫻子は向かい合う。静馬は優しげな微笑《びしょう》を浮かべているが、櫻子はどうしてもこの状況を無邪気に喜ぶことができなかった。

「どうして結婚相手に私を選んだのですか？」

静馬は肩をすくめた。

「手紙に書いただろう？　君に一目惚れしてしまったからだよ」

「嘘です」

櫻子は勇気をかき集め、きっぱりと首を横に振った。こんな失礼なことをいえば、激昂《げっこう》されるかもしれない。この婚約を破棄《はき》されるかもしれない。けれど、櫻子は言わずにはいられなかった。

「私は仁王路さまにお会いしたことがございません。会ったこともない人間に一目惚れをするのは、無理です」

「遠くから見ていたのかもしれないよ？　君は会ったことを忘れてしまったのかも。それに、君も今日から仁王路だ。静馬と気楽に呼んでくれて構わないよ」

「どんな遠くにいたとしても、仁王路……静馬さまのような目立つ方を見逃すことはあり得ませんし、一度会えば忘れられるはずもございません。……なぜ無能の私なのですか？」

まっすぐに静馬を見つめる。静馬は笑みを消し、無表情で櫻子を見下ろした。

「無能だからだ」

「えっ？」

思ってもいない答えにぽかんと口を開ける。静馬は静かに手を上げ、手のひらに青い炎を出現させた。深雪の火花とは比べものにならないほど大きく、少し離れた櫻子のもとまで熱さが伝わってくる。それを軽々と操り、廊下に並ぶ洋燈《ランプ》の一つに灯《とも》してみせた。

「異能病、という言葉を知っているか？　強すぎる異能力が、持ち主の体を蝕《むしば》む病《やまい》だ」

櫻子は首を横に振った。初めて耳にする単語だった。

けれど異能力という響きに、深雪からたびたび聞かされた話が呼び起こされる。曰《いわ》く、異能を発動させるための異能力は、体内で生成《せいせい》されている。そして、その生成能力が高ければ高いほど、より強力な異能者として至間國では尊《とうと》ばれる。すなわち無能の櫻子はこの國で最も価値のない存在なのだ、という締めくくりはいつも同じで、それを言いたいがために、深雪は「無能なお姉さまにはわからないでしょうけれど」とこの説明を繰り返した。事実なので、櫻子は黙って聞いていた。

（けれど、強すぎる異能力が体に影響を与えるなんて）

想像したこともない話に、櫻子は耳をそば立てた。静馬は淡々とした口調で、

「いずれ死にいたる病だが、発病するケースは少ない。異能者は生きているだけで異能力を発散するし、至間國で過ごしていれば、異能を発動させることは呼吸と同義だ。異能力が体に影響を与えることはない。――通常なら」

そこで言葉を切った。不自然なほどの明るさで燃え続ける洋燈を見つめながら、

「だがまれに、発散が追いつかないほど異能力の生成能力が高い者がいる。それが僕だ。僕は常時異能力を体外に発散する耳飾りを身につけ、どんな些細《ささい》なことにも異能

を使う。軍務局の少佐として異能を用いた鍛錬《たんれん》を行い、軍事行動では先陣を切る。それでも追いつかない。この派手な瞳や髪の色も強力すぎる異能の副作用だ。ついでにいえば、僕の生成能力は未だに成長を続けているらしい」

苦笑すると、耳飾りがしゃらりと鳴った。洋燈の光を受けた耳飾りはぎらぎらした輝きを放っている。櫻子は呼吸も忘れて聞き入っていた。

「そこで目をつけたのが、君だ」

静馬の緋色の瞳が、櫻子をとらえる。知らず彼女は肩をこわばらせた。

「君は無能だと言ったが、正確ではない。『無を能《あた》う』異能者だ。君はおそらく、直接触れる異能の効力全てを無効化できる」

「そ、それはどういう……？」

静馬が軽やかに右手を振った。笛の鳴るような音を立てて強い風が吹きつける。櫻子は反射的に頭を庇《かば》った。風はそれきりで、あとはぴたりと止んだ。

「……え……？」

おずおずと顔を上げ櫻子はひゅっと息を呑んだ。誰かがここで刀を振り回したかのように、四囲《しい》の壁や調度《ちょうど》がズタズタに引き裂かれていた。

「これは風を操る異能だ」

静馬は大したことでもないように告げる。

「鎌鼬《かまいたち》、とでもいうのか。風を異能で刃のように変質させて周囲を傷つけられる。今、僕は君に向けてこの異能を用いた。どこか怪我《けが》は？」

「ご、ございませんが……」

体のどこにも痛みはなかった。ぼろぼろになった玄関ホールの中で、櫻子だけが無傷だった。

一つ思い当たって、櫻子の歯がかちかちと鳴る。足が震えるのを必死で押さえ込んだ。

「お待ちください。これは……覚えがあります」

「ああ、君が門前で掃き掃除をしていたことがあっただろう？　あのときにもこの異能を用いた。普通なら斬り裂かれてひとたまりもない。だが、君は平然として燃え殻《がら》の山を片づけていたから、推測が正しいとすぐにわかったよ」

櫻子は眩暈《めまい》がした。あのときの突風は静馬の異能だったのだ。あのあと灰をかき集めるのがどれほど惨《みじ》めで大変だったか。

だが、もし――静馬の言葉が真実であるならば。

櫻子は今まで、深雪にいくら折檻されても火傷《やけど》を負ったことはなかった。いくら服が焦《こ》げても、火花の熱さは感じなかった。それは深雪が手心を加えているものだと思っていたが。

（私が、深雪の異能を無効化していた……のかしら。だから、深雪が私に対して、火傷させないように気をつけてくれていた、というわけではなかったのね）

そこに姉妹の情などはなかったのだ。偶然、運が良かっただけ。

ふと違和感を覚え、おそるおそる述べる。

「あの、そういえば、異能は一つしか持てないのでは？　静馬さまは先ほどの発火と風の異能、二つをお使いになるのですか？」

「普通の至間國民は一つの異能を出力するのが限界というだけで、そう決まっているわけでもない。僕は異能力が多いから複数の異能を操れる」

櫻子は言葉を失った。目の前に立つ静馬をまじまじと見上げる。彼は櫻子の眼差しを受けても、こともなげに見返すだけだ。それが当たり前だとでもいうように。

二つどころかそれ以上の数の異能を操れるなんて、目が眩《くら》むほどに信じ難《がた》い。しかも、その一つ一つを非常に高い技量で扱うようだった。櫻子の周りにはそんな人間はいなかったし、いたとしたらもっと声高《こわだか》に吹聴《ふいちょう》していただろう。だが彼は得意げな色を浮かべるでもなく、ただ平坦に事実を述べているだけといった様子で、呆然とする櫻子を見下ろしている。

櫻子は頭がくらくらするのを感じながら、

「では、もしも私が本当に異能のない人間だったら……」

「もちろん僕は治癒《ちゆ》もできる。そのときは責任持って傷一つ残さなかったよ」

何も問題はない、というような穏やかな口調だ。櫻子の背筋に冷たいものが走る。

この人は、他人を一体なんだと思っているのだろう。そしてそんな人が櫻子に一体何を求めるのだろう。

「だから僕は君と結婚しようと思った。――櫻子、これは契約だよ。僕は君に仁王路家とのつながりを与える。君は僕に異能力を発散させる機会を与える。悪いが、僕は君に逃げ道を残すほど甘い男ではない」

「な……」

その声の昏《くら》さに、櫻子の顔から血の気が引いていく。視界が明滅《めいめつ》し、足元がふらつく。目の前の男が恐ろしかった。今までさまざまな悪意に触れてきたが、それとはまったく異質の、初めて見る情念。それが櫻子のくるぶしから這い上ってきて、絡めとられるような感覚に身震いした。

静馬は櫻子にゆっくりと手を伸べ、低い声で囁《ささや》いた。

「君は僕の唯一の妻だ。ほかの誰にも渡さない」

――その響きは、まるで誓《ちか》いのように、櫻子の耳を打った。

潮の引くように、体の震えが収まっていく。代わりに胸の底を焦がすような熱がこみ上げてきて、息を呑み込んだ。

櫻子は無能で、なんにもできない役立たずだった。誰も彼女には期待せず、求めず、関心を向けなかった。

(でも無能だからこそ……この人は、私を必要としているというの)

唯一というなら、櫻子の方こそそうだった。何かを望まれるなんて、生まれて初めてだったのだ。

眼前に開かれた、静馬の手のひらを見つめる。すべらかに白いのに、節《ふし》くれ立っていて大きな手だった。櫻子はこわばった指先に、ぐっと力を込める。それから慎重に手を伸ばし、静馬の手を握りしめた。

「――はい。よろしくお願いします」

自分でも知らないうちに、唇の端を微笑がかすめた。静馬が少し驚いたように目を見開く。その瞳を真っ向から見据えた。

櫻子には、泣いて逃げ帰る場所などない。彼女を温かく迎え入れてくれる家族もいない。嫁入りを決められた時点で――いや、無能の相良櫻子として生まれた時点で、この運命は定《さだ》められていたのだ。ここでやっていきたい。自分を唯一と言ってくれた彼に対して、何をすべきかわからなくても。本当に皆目見当がつかないのだが。

櫻子はこわごわと問うた。

「それで、私は何をすれば良いのでしょうか……?」

「毎晩僕の寝室に来て、少しの間手を握ってくれればいい」

「……それだけ、ですか？」

　きょとりと目を瞬かせた櫻子に、静馬はそっけなく頷いた。

「それ以外に君には何も望まない。その代わりに、君は仁王路櫻子として好きに過ごすといい。百貨店に行けば最上級の待遇《たいぐう》を受けられるし、仁王路の伝手《つて》をたどって伯爵夫人たちをパーティに招くこともできる。そうだ、この家には使用人がいないから好きなだけ雇おうか？」

「い、いえ……」

　戸惑って首を横に振る。相良家で使用人以下の存在だった櫻子には、静馬の並べる何もかもが、今まで想像すらもしないことだった。握りしめた静馬の手をそっと離し、櫻子は小さく呟いた。

「私も、特に望むことはございません。このお屋敷で過ごしていいのであれば、おとなしく暮らします」

「……ふぅん、そうか」

　静馬は不審げに目をすがめる。その視線が、櫻子の痩せた首元や、不自然に厚い化粧、上等だが古い訪問着の裾をたどった。

「……一筋縄ではいかないというわけだ」

静馬に連れられ、櫻子は屋敷のあちこちを案内された。

広い屋敷に本当に静馬一人で暮らしていたらしく、邸内は綺麗なものの生活感はまるでなかった。豪奢《ごうしゃ》な客間は使われた形跡がなく、どの調度も真新しく澄まし顔をしている。このぴかぴかに整った屋敷で、今後は静馬と櫻子が二人きりで過ごすらしい。

「——最後に、ここが君の部屋だ」

長い廊下にずらりと並んだ扉の一つを指差して、静馬が言った。櫻子は必死に視線を凝らし扉の場所を覚えた。二階の奥、六番目の左側だった。

「君を迎えるために色々と準備したつもりだが、足りないものがあれば買うといい」

「か、買うとは」

「ドレスでも着物でも宝石でも。生活費を渡しておくから自由に使ってくれ」

「えっと……」

言われた意味が呑み込めずまごまごしているうちに、櫻子の前で扉が開かれた。

ぱっと明るい光が射す。その中に浮かび上がった部屋の様子に、櫻子は目を見張った。

「こ、ここが？　私の……へや……？」

大きな窓からきらきらと陽光の降り注《そそ》ぐ、整然と設《しつら》えられた洋室だった。窓辺には化粧台が置かれ、その上には一通りの化粧道具が揃っている。片側の壁際に据えられたベッドは繊細《せんさい》なレースの天蓋《てんがい》つきで、柔らかそうな枕が一つだけ乗っていて、真っ白いシーツがぴんと張られていた。

入り口で立ちすくむ櫻子を訝《いぶか》しそうに見ながら、静馬が部屋の中へ導いた。

「この屋敷で君が自由に使ってはいけない場所はないが、ここは特に好きにしていい。僕は君の許可がなければ絶対に足を踏み入れないから安心してくれ」

「は……はい……」

櫻子は当惑《とうわく》しきりで、落ち着きなく室内を見回した。今まで与えられたことのない自室というものが、突然見たこともない美々《びび》しさで迫ってきて唖然《あぜん》とするしかない。何をしていいのかわからず、両手をぎゅっと握りしめたまま壁際に後じさって床に目を落とした。一面に敷かれた絨毯《じゅうたん》は雲を踏むような感触で、深みを帯びた臙脂《えんじ》色が美しかった。

部屋の隅にぽつんと立つ櫻子にますます怪訝《けげん》げな目を向け、静馬が壁に作られた折り戸を示す。

「それと、この折り戸は衣装部屋につながっている。適当にいくつか見繕《みつくろ》ったが、趣味に合うかは保証しない。自分で好みのものを揃えた方がいいだろう。何かほかに質問は？」

「い、いえ……何も……」

「そうか。僕の寝室は、ここから二部屋隔てたところにある。さっそく今夜から待っているよ」

「はい……。その、承《うけたまわ》りました」

櫻子がたどたどしく頷くのを確かめると、静馬はさっと部屋を出ていった。長身の彼がいなくなった途端、部屋ががらんとして感じられる。身の置き所がなくなってしまった櫻子は、静馬の指していた折り戸にそろそろと近寄った。

「……わあ」

折り戸を開いてすぐ、そこに広がっていたものに感嘆《かんたん》の声が漏《も》れた。

いくつものドレスやワンピースが丁寧《ていねい》に吊るされている。どれも優美なデザインで、見ているだけで心が弾《はず》む。そばにあった桐箪笥《きりだんす》を開いてみると、たとう紙に包まれた彩り豊かな着物が何枚も収められていた。そちらも上質な生地《きじ》が使われていると一目でわかり、櫻子はあたふたと抽斗《ひきだし》を閉じた。

逃げるように衣装部屋を出て、大きく息を吸い込む。

（こ、ここで暮らしていくの……？　私が……？）

鼓動は速く、顔からすーっと血の気が下がっていくような気がする。櫻子はよろりとベッドに腰かけ、シーツに皺《しわ》が寄ってしまったのを見て焦《あせ》って立ち上がった。

「――ああ」

両手で頬を覆い、室内をあらためて眺め回す。頭上にぶら下がる照明が、薔薇《ばら》の蕾《つぼみ》を模《も》しているのに今気づいた。目の前の光景に思考が追いつかない。自分がここで生活しているさまなんて、まるで想像できなかった。

それになにより。

「静馬さまに、お礼を言いそびれてしまったわ……」

櫻子の声はぽつんと転がり、暖かな日差しに溶けるように消えた。

仁王路邸での日々は、おおむね穏やかに過ぎた。

相良家での生活リズムが抜けない櫻子は、毎朝、日が昇るより先に起きる。しかし静馬はそれよりも早く起床《きしょう》し、軍務局に出仕《しゅっし》している。そのため二人が顔を合わせるのは夜、静馬の異能力を櫻子相手に発散するときだけだった。

出仕する際には軍服をまとっている静馬だが、寝室ではくつろいだ恰好をしている。今夜は深い藍色の寝衣《しんい》だった。壁に設置された洋燈が煌々《こうこう》と燃える中、薄暗がりに静馬の白い首筋が浮かび上がっていた。

対して櫻子は、相良家から持ってきた煤《すす》色の寝巻き姿。たび重なる洗濯によりだいぶ生地が薄くなっている。

「……手を」

「はい、どうぞ」

二人は小さな丸テーブルを挟んで向かい合っていた。テーブルの上に置かれた櫻子の手を、静馬の大きな手のひらが上から覆う。ひやりとした感触に思わず手が跳ねそうになるが、意志を総動員して耐えた。といっても、もし仮に櫻子が抵抗したとしても、静馬は容易《たやす》く封じることができるだろう。端麗《たんれい》な外見とは裏腹に、静馬の手は逞《たくま》しく、それが今は櫻子の手をほとんど包み込んでいる。強いひとなのだ、と櫻子は内心独りごちた。この世に何も恐れるものはないというような、堂々とした人の手だった。

わずかに緊張を覚えながら、こっそり静馬を上目に窺う。何も感じられないが、これで異能力を発散できているらしい。

寝室には静寂《せいじゃく》が広がっている。櫻子は静馬にお礼を伝えたかったが、何と切り出せば良いのかわからなかった。

「……そういえば、部屋に用意した服は気に入らなかったか？」

「…………えっ？」

話しかけられたとは思わず、櫻子は忙《せわ》しく室内に視線を巡らせた。寝室には二人のほかに誰もいないことを確認し、静馬が返事を待つように櫻子を見つめていることを認識して、ハッとする。それから慌てて返答した。

「い、いえ。私などに過分な品をご用意いただいてありがとうございました。大切にしまっております」

やっと感謝を伝えられた、と胸を撫で下ろす。それに服を大切にしているのは本当だった。しまい込んで傷めてしまってはいけないので、こまめに手入れを行い、そのたびに惚れ惚れしている。服の手入れは櫻子の得意分野だったが、まさかこんなところで活かされるとは。深雪などが見れば、お姉さまには手入れくらいがお似合いよ、と高笑いしたかもしれない。

櫻子の返事に、静馬がその紅い瞳をゆっくりと細める。

「あの服は、君に着てもらうために用意したつもりだが」

「私に……？　そんな、私には分不相応です」

「なぜ？　君は名実《めいじつ》ともに僕の妻だ。あの服を着るのに、これ以上相応な人間もいないと思うけれどね」

静馬の手に軽く力が入れられる。その甲にしっかりとした骨が浮き出るのを見て、櫻子の心臓が小さく跳ねた。相良家で両親や妹と相対《あいたい》したときとは異なる、どこかこそばゆい感触だった。

（書類上は妻に当たるのかもしれないけれど……）

櫻子は唇を引き結び、顔をうつむかせる。いくら静馬と結婚したと言われても、そんな実感はまるで湧かなかった。「無能」の異能にしたってそうだ。実は「無を能う異能」を持っていたからといって、櫻子の本質が何か変わったわけではない。彼女にとってはただ合わない靴を履いたようなもので、自分が誰かに大事にされて良いとは思えなかった。

だから、櫻子は無言で首を振るにとどめた。静馬の気持ちは嬉しかったが、それを受け取るにはふさわしくない。

これで良い、と目を閉じた。少なくともここでは罵声《ばせい》を浴びせられることはないし、理不尽な暴力に襲われることもない。静馬が出仕したあと、余っていそうな食材を調理し食事をこしらえ一人きりで食べる。そのあとは書庫で本を読み、静馬の帰宅を待つ。恐怖からはほど遠い、穏やかな日々。

胸の内を空気が通り抜けていくような、すうすうした感じには目を閉ざす。きっとそこには、今まで恐れや怯えが埋め込まれていたのだろう。相良家を離れてそれがなくなって、心にぽっかりと穴があいただけだ。

静馬もそれ以上追及はせず、沈黙のうちに手が離れていく。それを合図として櫻子は一人、自室に戻った。

至間國軍務局参謀室。瀟洒《しょうしゃ》な石造りの至間宮、その奥に存在する、精鋭《せいえい》のみが立ち入りを許された一室。

出仕した静馬は、自分の机で待ち構えていた男を見て顔をしかめた。

「おーい。静馬、お前、結婚したらしいじゃねえか。なんで親友たる俺に言わねえんだよ」

からかうような笑顔で肩を組んでくるのは、静馬の同期である井上《いのうえ》剛志《たけし》だ。筋骨《きんこつ》隆々《りゅうりゅう》の大男、大ざっぱな性格で気は良いが、すなわちデリカシーがないのが欠点であると静馬は思っている。この男を見ると室温が一度上昇するとはもっぱらの噂だ。実際、燃焼系の異能を得意とするので間違いではないのかもしれない。

静馬は井上の腕を押し戻した。

「なんでもなにも、井上は外務長官の随伴《ずいはん》でずっと留守にしてただろ。いつ言う暇があったんだよ」

「そこは電話でもなんでも良いだろ！　静馬なら〝精神感応〟を使ってくれてもいいんだぜ？」

〝精神感応〟とは、心に直接思念《しねん》を送る異能である。静馬はもちろん操れるが、使い方次第では相手の心を勝手に覗《のぞ》くことができる代物《しろもの》だ。それを使えと気軽に言われて静馬は小さく息を吐いた。

「そんなことするわけないだろ。第一、僕の結婚は井上に関係ない」

「いーや、大アリだね」

井上がにんまり笑う。静馬の肩を掴み、ガクガクと揺さぶった。

「新婚生活はどうだ？　奥さんは可愛いか？　くそー、俺も結婚したい！」

「はあ……」

今度こそ深いため息をついて、静馬は腕を組んだ。脳裏に櫻子の顔を思い浮かべる。

彼女はいつもうつむきがちで、あまり真正面から静馬を見ない。それこそ彼女の顔をはっきり見たのは、「契約」の説明をしたときくらいではないか。あのときの櫻子の微笑が胸元をかすめ、考え込むように顎《あご》に手をやった。

あんなふうに微笑まれるとは微塵《みじん》も予想していなかった。ほとんど脅《おど》すように娶った以上、恨《うら》まれても憎まれても仕方がないと思っていた。だが櫻子は、見間違いでなければ、確かに嬉しそうに——その細い指で、静馬の手を取ったのだ。

「まあ……上手くいっているんじゃないか」

少なくとも、異能力の発散という点では文句なしだ。静馬は毎晩、常人なら一夜と保たない量の異能力を櫻子に渡しているが彼女は平然としている。「無能」ここに極まれりだ。この点において特に静馬に不満はない。

しかし静馬の返事を聞いた井上は、大仰に目を剥《む》いた。

「おいおい新婚だって言うのに恐ろしく冷めてるな！　そんなんじゃ逃げられちまうぞ」

「逃げることはないと思うが……」

櫻子とは合意の上で契約している。彼女に仁王路家のメリットを与える代わりに、静馬は彼女の無能を利用する。彼女はそれに頷き、日々を屋敷で過ごしているようだ。

そんなこととは露《つゆ》知らない井上は、バシンと静馬の肩を手のひらで叩《たた》いた。

「静馬、お前女心をわかってねえなあ！　いくらお前が強力な異能者で伯爵家の次男だとしても、心変わりするときは一瞬だぞ！　どれだけ尽くしたってなあ、なんかよくわからんうちによくわからん理由で別れを告げられるんだ！　わかるか!?」

「さあ、井上が今までどんなふうに恋人にフラれたのかはわかったが」

「うるせーっ!!　つい昨日フラれたばっかりだよちくしょう!!」

天井を仰いで嘆《なげ》く。静馬が適当に慰めようとしたところで、井上は静馬の方を向き、「でもな」と真顔で言った。

「本当に気をつけろよ。相手をちゃんと見ろ。奥方は相良男爵家の長女だろ。あの家は次女の噂は良く聞くが、長女の話はとんと聞かない。『無能』らしいということしか。……なあ、社交界じゃ、静馬が一目惚れしたってことになってる。でもお前、そんなロマンチックな男じゃないだろ。どうせ何か目的があるんだろ。俺は聞かないよ。

でも、一度巻き込んだ以上は、最後まで責任を持てよ」

「……わかっている」

静馬は眉を寄せ、唸るように呟いた。

頭に櫻子の姿がよみがえる。うつむいた顔の陰鬱さ、華奢というよりやつれた体格、顔色の悪さを隠すような厚化粧、小綺麗な服を着ていたのは嫁入りの日だけで、普段はすり切れた着物をまとっていること。用意した服を着ないのか、と尋ねたときの、痛みを堪《こら》えるような面差《おもざ》し。そして何より、抱き上げたときの異様な軽さ。

物思いに沈んだ静馬を見て、井上は表情をやわらげた。ぽん、と優しく肩に手を置く。

「礼には及ばないぜ、俺に可愛い女の子を紹介してくれればそれでいい」

「何を言っているんだお前は」

手を振り払い、むすっと唇を尖らせる。机上の書類を取って軽く振った。

「井上も、陛下のところへ外遊の報告をしに行くんだろう。僕も御前会議がある。そろそろ行くぞ」

「ああ、そうだな」

井上は顔つきを引きしめ、着崩した軍服の襟元を整える。静馬も仕事に頭を切り替え、御門の座す正殿《せいでん》へ向かった。

「櫻子は昼間、どんなふうに過ごしているんだ？」

突然そう問われて、櫻子はびくっと肩を震わせた。

夜、静馬の寝室にて、いつも通り異能力の発散を行なっているときのことだった。テーブル越しに向かい合った静馬は静かな面持ちである。じっと櫻子を見つめ、返事を待っている様子だった。声色は凪《な》いでいて何かを咎《とが》めるふうでもない。

質問の意図《いと》がわからず、櫻子は視線をうろうろとさまよわせた。窓際に置かれた皺一つないベッド、書類が積まれたライティングデスク、分厚い本が並ぶ本棚。部屋のどこにも答えは書かれていない。

静馬は、櫻子が仁王路家の名を汚すような振る舞いをしていないか気にしているのだろうか。どこかで櫻子の昼間の行動について悪い噂が立っているのかもしれない。あるいは、さすがに何もしなさすぎだと怒りを覚えているのかも。

櫻子はおそるおそる口を開いた。

「……書庫で、本を読んでおります」

「読書が好きなら、この家からほど近い場所に書肆《しょし》がある。案内しようか？」

「えっ……？　いえ、その、大丈夫です。静馬さまのお手を煩《わずら》わすわけにはまいりませんし……」

反射的に断ってしまった。静馬はさして気にするふうでもなく、「そうか、残念だな」と呟いた。

沈黙が落ちる。二人の間に会話が乏《とぼ》しいのはいつものことだが、今夜の沈黙は肌を刺すようだった。気まずい。

櫻子は、静馬とつないだ手に目を向けた。いつもならそろそろ離してくれる頃だが、今日はなぜだかつながれたままだ。

静馬が言葉を継ぐ。

「櫻子の好きな食べ物は何だろうか。よければ外食してもいいし、取り寄せても構わない」

「好きな、食べ物……？」

櫻子の人生で一度も問われたことのない問いだった。櫻子に与えられるのは残飯《ざんぱん》と決まっていて、好きとか嫌いとか言っている場合ではなかった。夏場に傷《いた》んだ肉を食べて苦しもうと、餓死《がし》するよりはマシだった。そういう環境を当たり前と思って生きてきたのだ。

つながれた手の大きさの違いをあらためて感じる。きっとこの人は周囲に愛されて、大切にされて育ってきたのだろう。温かく見守られて、何不自由なく全てを与えられて。

櫻子とは、あまりにも違う。

うつむいて、力なく首を横に振った。

「……特に好き嫌いはございません。あの、日頃も、余っていそうな食材をいただいて食事を作っておりますが、ご迷惑でしたでしょうか……？」

「自分で料理を？　余った食材で？」

静馬が驚いたように声を上げる。櫻子はますます体を縮《ちぢ》こませた。令嬢が自ら料理をするなんてはしたないことだ。少なくとも妹はそう言って台所に立つことはなかった。

「ご迷惑でしたら、すぐにやめます……」

「そんなことはない、台所は好きに使ってくれて構わないよ。だが、生活費を渡しているだろう？　それは何に使っているんだ？」

「それでしたら、ほとんど手をつけずに貯めておりますので、ご安心ください」

「……君は……そうか」

静馬が何かに気づいたように口をつぐんだので、櫻子はこわごわと顔を上げた。彼は眉を寄せ、空いた方の手を口元にやって何やら考え込んでいる。

と、静馬が探るような目を櫻子に向けた。

「櫻子は、相良家でもずっとそういうふうに過ごしてきたのか？」

「えっ？　ええと、はい、そうです」

櫻子は戸惑いながら首肯《しゅこう》した。一体何が静馬の気にかかったのだろう。櫻子にとってはごく普通のことすぎて、彼の気がかりを掴みきれない。

「あの、それが何か……？」

掠《かす》れた櫻子の声に静馬がハッと瞬く。つないでいた手に視線を落とし、ゆっくりとほどいた。

「すまない、長くなったね」

「いえ……その、本日はこれでよろしいでしょうか？」

「ああ、ありがとう。いつも助かっているよ」

「えっと、はい……」

曖昧《あいまい》に頷く。それが契約なのだから静馬が礼を言う必要はない。櫻子は怪訝に思いながら、寝室をあとにした。

それからしばらく経《た》った日の夜、いつも通り異能力の発散を終えたあと、櫻子は書庫を訪れていた。

昼間のうちに読みかけていた本を、寝る前に読んでしまいたいと思ったのだ。

夜の書庫は暗かった。分厚い雲が夜空を覆っており、月明かりも差さない。櫻子は手にした手燭《てしょく》のぼんやりした光を頼りに、目当ての本棚まで歩みを進めた。

目的の本は、棚の一番上に収められている。櫻子は手燭を床に置き、梯子《はしご》をがたごとと持ってきて、棚に立てかけた。

梯子に手をかけ、ゆっくりと上っていく。上れば上るほど明かりが遠ざかり、闇が濃くなっていく。一番上まで上り切った櫻子は、整然と並んだ本の背表紙に顔を近づけて、目を凝《こ》らした。読みたいタイトルを見つけて片手を伸ばす。それは少し遠いところにあって、梯子から身を乗り出さなくてはならなかった。本の背に指を引っかけてずらし、なんとか手に取る。

そこで足が滑った。

ふわり、と体が宙に放り出される。内臓の浮くような感覚がして思わず本を抱きしめた。梯子の倒れる大きな音がする。それに続いて、きっと櫻子も床に叩きつけられるだろう。衝撃を予想し、歯を食いしばって目を閉じた。

けれど、いつまでたっても櫻子を衝撃が襲うことはなかった。

「……っ、大丈夫か？」

「あ、あの……っ？」

温かなものに受け止められて、櫻子は目を見張った。間近に静馬の顔がある。ずいぶん焦ったような表情で、乱れた白銀の髪が頬にかかっていて、櫻子は状況も忘れてぽかんとしてしまった。

それから慌てて自分の体を見下ろす。櫻子は、いつかの嫁入りの日のように、静馬に横抱きにされていた。どうやら床に激突する前に静馬に受け止めてもらったようだった。だが嫁入りのときとは違い、静馬からは余裕が失われている。背中を支える腕には痛いほど力が込められていた。

静馬はふーっと大きく息を吐き、腕の中で目を丸くしている櫻子に瞳を据える。その頭のてっぺんからつま先まで、すばやく視線を巡らせながら、短く、

「怪我は？」

「え……？」

「無事か？」

静馬の声が頭に届かず、櫻子はぼうっと瞬く。ただ条件反射的に、

「も、申し訳ございません……」

謝罪が口をついて出た。

だが、この謝罪はなかなか的を射ている気がした。もし足を滑らせた無能の櫻子が命を落とせば、彼は異能力の発散ができなくなり困るだろう。せっかく契約をしたのに意味がない。相良家に支払われた結納金《ゆいのうきん》も結構なものだったと聞く。それがこんなすぐに水泡《すいほう》に帰しては、静馬もやり切れないに違いない。

静馬には本当に悪いことをしてしまった。

今さらながら背筋をひやりとしたものが撫で、体をこわばらせる。

静馬がそんな櫻子の顔を覗き込み、口調をやわらげた。

「謝ることじゃない。……それより、どこか痛いところはないか？」

「痛いところ？」

櫻子はきょとんと瞬いた。それがそんなに重要なことか、と首をかしげ、ハッとする。櫻子が大怪我を負って、契約上の義務を果たせない期間があれば問題だ。

急いで自分の身を検《あらた》めた。特にどこにも痛みはない。あの高さから落ちて無傷なのは本当に奇跡的だ。

ほっとして、櫻子は静馬の顔を見上げる。

「ありません。異能力の発散にも支障ないと存じます。静馬さまに庇っていただいたおかげです。ありがとうございます」

端的な返事に、静馬は眉を寄せた。櫻子の澄んだ瞳を見据え、何事か考えるように唇を引き結ぶ。だがやがて深いため息をつくと、櫻子を慎重な手つきで床に下ろした。

櫻子は本を抱えて、静馬と向き合った。

静馬が床に置いたままの手燭を持ち上げる。

「そういう意味じゃない。君が心配だから言っているんだ。今度は僕を呼んでくれ」

「い、いえ、ご心配には及びません。明るいうちに気をつけて取れば大丈夫ですから」

櫻子はぎゅっと本を抱き込んだ。心配の意味がわからなかった。それに、高いところの物を取るだけのことに彼を呼びつけるのは気が引ける。十分に気をつければいいし、それでも落ちたらそれが櫻子の運命だったのだろう。

だが、静馬の顔が痛ましいものを見るように歪《ゆが》んだ。

「では、君の手が震えているのはなぜだ？」

静馬が櫻子の手を強く掴む。その拍子に、櫻子の腕から、本がばさりと二人の間に落ちた。

静馬の揺るぎない手のひらに包まれて、櫻子は自分の手が震えていることに初めて気づいた。

それから、足に上手く力が入らないことにも。

心臓がバクバクと脈打っていることにも。

一度認識してしまうと、呼吸がどんどん浅く短くなった。

目の前がふっと暗くなる。

その場に崩れかけた櫻子を、静馬が抱きとめた。

「……静馬さま……？」

掠れた声で問いかける。けれど、静馬は何も言わなかった。ただ櫻子の頭を胸元に抱え、子供をあやすように撫でる。少し驚くくらい優しい手つきだった。櫻子にとっては、生まれて初めて与えられる優しい手のひらだった。

柔らかな声が耳元で囁く。

「君は怖かったんだろう。ならば、僕を頼れ」

櫻子は肩を揺らした。頼る、というのがどういうことか理解不能だった。それは自分に許されるものではなかった。

櫻子は瞼《まぶた》を下ろし、大きく息を吸って吐いた。指を握り込んで震えを必死に押さえつける。まだ暴れている心臓の音が静馬に聞こえてしまわないか心配だった。早く遠ざかってしまいたかった。優しい手のひらからも、柔らかな声からも。

瞼を上げ、そっと静馬から離れる。懸命に頬を持ち上げ、なんとか微笑みを作ってみせた。

「……大丈夫、です。でも、ありがとう、ございます」

ゆっくりと告げる。そうしないと、声が揺れてしまいそうだった。

静馬は無言だった。彼の手元の手燭の明かりが揺れて、その表情はしかとは読み取れない。緋色の瞳だけが、薄闇の中で血に濡れたように光っていた。

櫻子は気圧《けお》されるようにうつむく。その視界に、床に落としてしまった本が入った。

ハッと息を呑む。

仁王路家の本だ。ページが折れたり、汚れてしまったりしてはいけない。

あわあわと床に膝をついたところで、櫻子が手を伸ばすより先に本が拾われた。

静馬だった。床に片膝をつき、拾い上げた本の表紙を片手で軽く払っている。表紙に落とされていた目線が、つと櫻子に向けられた。同じ高さに視線があって、櫻子は思わず顔をそらした。

静馬は櫻子に向かって、本を差し出した。

「……どんな本を読んでいたのか、聞いても？」

その口調は穏やかだった。櫻子は本を受け取りながら、か細い声で答えた。

「……日本に関する資料です」

至間國から日本へ留学した官僚の報告レポートだった。さすが仁王路家というべきか、相良家の蔵書《ぞうしょ》よりも詳細な情報が載っていて、夢中で読み耽《ふけ》ってしまった。

静馬が意外そうに瞬く。

「櫻子は日本に興味が？」

櫻子はこくんと頷いた。盾にするように胸の前で本を抱きしめ、ぼそぼそと続ける。

「……日本、には、異能がないのだそうです。それでもそこで暮らす人々はとても心優しくて高潔《こうけつ》で、豊かな日々を過ごしていると。建物の壁は黄金で作られて、川には瑠璃《るり》色の水が流れているとか。不老だとか不死だとか。とにかく天国のような場所なのだそうです」

櫻子が話すほどに、静馬の眉間《みけん》に皺が刻まれていった。話し終えてちらりと目線を上げると、なんとも言えない顔で曖昧に頷いていた。

「……君は、それをどこまで信じているんだ？」

もちろん全てです、と答えなくてはならなかった。櫻子をずっと支えてくれていたのは、その夢想なのだから。

だが、静馬に問われると、喉が塞がれたように声が出なかった。彼の口調はあくまで誠実で、こちらを嘲《あざけ》るようなものではなかったからかもしれない。

以前、深雪にも同じことを聞かれたことがある。「お姉さま、そんな馬鹿馬鹿しい話を本気で信じていらっしゃるの？」と。

そのときは、躊躇《ためら》わずに頷けた。どれほど殴られようと、嘲笑われようと、相良家の外には天国みたいな世界があるのだと、まっすぐに信じられた。

(でも、今はそれができない……)

床を見つめて黙り込んでしまった櫻子に、静馬はぽつりと告げた。

「別に今すぐに答えてくれなくても良い」

櫻子は何も言えない。静馬は構わず言葉を続けた。

「それでも、いつか答えを聞かせてくれるかな。櫻子は僕の妻だから。君が何を思っているのか、知れたら嬉しい」

「……承知、しました」

そんな日が来るとはとても思えなかったが、櫻子はこくりと頷いた。

至間國軍務局参謀室。御前会議を終えて居室《きょしつ》に戻った静馬の目に映ったのは、自分の席に我が物顔で腰かける井上だった。彼は静馬の顔を見るなり、「いよう！」と手を振ってみせる。静馬は眉間に皺を刻みながら、彼のもとまで歩いていった。

「そこは僕の席だが」

「水くさいこと言うなって、親友だろ？」

「お前が座ったあとの椅子って微妙に良い匂いがして嫌なんだよな……」

「ひどい言いようだな！　これでも俺は女の子にモテるため、清潔感には気を使ってるんだぜ⁉」

「で、何の用だ。依頼した件は結果が出たか？」

鋭く目を細める静馬に、井上も面持ちをあらためる。軍服のポケットから一枚の封筒を取り出した。

「相良櫻子の家庭環境、ちゃんと調べておいた。ここにまとめてある。……こう言っちゃなんだが、ひどいもんだぜ」

「……恩に切る」

静馬はおごそかに封筒を受け取る。なんの変哲《へんてつ》もない茶封筒が、やけに重く感じられた。

井上が痛ましそうに目を伏せる。

「相良家の連中は、彼女をまるで人扱いしていない。『無能』だからってそんなことできるか？　相手はただの女の子だぞ」

「できるだろう」

静馬は淡々と答えた。その声の平坦さに、井上が弾《はじ》かれたように顔を上げる。静馬は能面のような無表情で封筒をしまい込んでいた。

感情のない赤い瞳が、井上をとらえる。

「人は、自分とは違うモノに対して、どれだけでも残酷になれる。相手が同じ人間とは夢にも思わない。ただ、普通じゃないから——理由なんてそれだけで十分だ」

井上は凍りついたように静馬を見上げる。光を透かす白銀の髪、深緋《こきひ》の瞳、ぞっとするほどの美貌の生き物が、彼を見下ろしている。

井上の喉がごくりと鳴った。何か言わなくては、と口を開きかけ——。

「——静馬」

背後から名を呼ばれ、静馬は反射的に背筋を正した。隣の井上も弾かれたように立ち上がる。振り返ると、腰に長刀を提《さ》げた軍服の男がこちらへ向かって歩いてくるところだった。

逞しい体躯《たいく》にいかめしい顔つきの男だ。腰の長刀は通常よりもずいぶん長く、刃は分厚く作られているが、男の足取りには一つの揺らぎもない。彼は身体強化の異能を持っており、その長大な剣をやすやすと扱う姿には軍務局の誰もが畏《おそ》れを抱く。だが、静馬にとっては慣れ親しんだ人物だった。

「兄上、ご健勝《けんしょう》で何よりです」

こちらへやって来る男——仁王路伯爵家当主にして、至間國軍務局大佐の仁王路一《かず》臣《おみ》に、静馬は礼儀正しく頭を下げた。井上もぎこちなく一礼する。

「そんなに畏《かしこ》まるな。ただ弟の顔を見にきただけだ」

一臣は片手を振って頭を上げさせる。それから静馬に対し苦笑を向けた。

「結婚したそうだな。兄に祝いの言葉一つ贈らせてくれんとは、寂しいではないか」

「急だったもので。また落ち着いたらご挨拶に伺おうと」

「落ち着いたら、か」

一臣の苦笑が深くなる。静馬の胸元を軽く小突いた。

「仁王路の分家たちも大騒ぎだぞ。あいつらは自分の娘を静馬に嫁がせて、本家に取り入る気満々だったからな。計算が狂って散々らしい」

くくっ、と喉を鳴らす。静馬は静かに一臣を見つめた。櫻子との婚姻に当たり、無理を通したことは自覚している。何か咎めがあってもおかしくはなかった。

一臣はやがて笑みを引っ込め、静馬の瞳を覗き込んだ。

「だが、お前はそんなことを気にする必要はない。好きな相手を選んで添い遂げろ。政略結婚はな、上手くいかん。私のようになるなよ」

「兄上……」

数ヶ月前、一臣の妻であった伯爵令嬢が失踪《しっそう》した。出入りの庭師と道ならぬ恋をして駆け落ちしたらしい。一臣とは幼い頃からの許嫁《いいなずけ》で、周囲からは絵に描いたような当主夫婦と見られていただけに、衝撃は大きい。

口をつぐんだ静馬に、一臣は太く笑った。

「私の方は気にするな。これでも仁王路家当主だ。なんとかするさ」

静馬は何も答えられない。政略結婚とはいえ、兄が兄嫁を大切にしていたことを知っている。ふさわしい妻がいなくなったから、すぐに次、と人形の首をすげ替えるように再婚できる人ではない。

静馬が何も言えないうちに、一臣はくるりと井上の方に顔を向けた。

「そういえば井上くん。君は今から、うちの部署と欧州情勢の危機管理会議ではないかね。良ければ一緒に行こう」

「はっ、喜んでお供いたします」

「そんな硬くなるものではないよ。いつも弟が世話になっているね」

一臣と井上が連れ立って部屋を去っていく。その背中を見送り、静馬は椅子に腰を下ろした。深いため息をつきながら封筒を取り出す。櫻子の調査結果を読み始めた。

そこには、予想と違わない虐待《ぎゃくたい》行為が、予想を超えるひどさで記載されていた。読んでいるだけで気分が悪くなるような文章に最後まで目を通し、封筒もろとも燃やしてしまう。静馬の手の中で、それはあっという間に灰に変わっていった。だが、櫻子の傷は灰のように簡単には消えないだろう。

胸のうちに、櫻子の姿が思い浮かぶ。自分が恐怖していることさえ気づかず、怪我をしたかどうかも意識の外で、あげく異能力の発散に支障がないと言ってのける。どこかうつろな瞳で夢のような日本の話を語るにもかかわらず、心の底から信じきっているわけでもないらしい。

それらはきっと、彼女が生き延びるために環境に適応した結果なのだろう。

静馬と櫻子の関係は、契約結婚にすぎない。静馬は自分の都合で櫻子を選び、利益を提示し、櫻子はそれに同意した。

だが、彼女はあまりにも――。

ジャラ、と耳元で耳飾りが音を立てた。静馬は耳元に手をやり、嘆息《たんそく》する。この耳飾りが異能力を発散できる量にも限界があり、定期的に取り替えなければならない。

音が鈍くなったら交換時《どき》だった。

予備の耳飾りを出そうと机の抽斗を開け——静馬は舌打ちした。しまっておいたはずの予備がない。

ときどきあることだった。軍務局に入局する前、仁王路本家にいたときから、派手で目立つ静馬をやっかみ、もしくは邪魔に思い、さまざまな人間が嫌がらせを施した。これはその一つというわけだ。抽斗に鍵をかけてはいるが、異能者がやろうと思えばたいていどんなこともできる。

腕時計に目をやり、帰宅までの時間を計算する。おそらく、まあ、なんとかなるだろう。

少しの体の怠《だる》さを感じながら、静馬は仕事を続けた。


出仕する静馬を見送った櫻子は、一通りの家事を済ませたあと、庭へ足を向けた。青々しい葉を繁《しげ》らせる木々が初夏の風に枝を揺らす中、一番大きな古木の陰に、椅子をごとごとと運んできて腰を落ち着ける。

「……よいしょ、と」

櫻子の手には美しい装丁《そうてい》の大型本が抱えられていた。つるつるした厚めのページには、いくつもの鮮やかな写真が載っている。映っているのは景色、建物など色々だ。

それは日本の写真集だった。

書庫の一件があった翌日、仕事から帰った静馬が「もし興味があれば読むといい」と渡してくれたのだ。

今まで文字情報から日本の様子を空想するだけだった櫻子は、わななく手でページを繰《く》った。その場に突っ立ったまま夢中になって読み耽る櫻子を、静馬は笑いを堪えながら眺めており、ハッと正気に戻ったときには結構な時間が経っていて反省した。

それ以降、日々繰り返し写真集をめくっている。

目も眩むような黄金でできた建造物、透き通る水縹《みはなだ》色の水に満ちた池、橙色の朝日に照らされた一面の雲海《うんかい》。そのどれもが櫻子の貧しい想像の何倍も幻想的で、荘厳《そうごん》で、どきどきと胸を弾ませた。

(天国があるなら、こんなところなのかしら……)

真上から射す木漏《こも》れ日が、地面にまだらな影を落とす。風が吹いて、櫻子の黒髪をさらりと撫でていった。チチ、とどこかから鳥の鳴く声が聞こえてくる。息を吸い込むと、芳《かんば》しい草木の薫《かお》りが胸いっぱいに広がった。

穏やかな昼下がりだった。

櫻子は椅子に腰かけたまま、ふっと空を見上げる。筆で一筋《ひとすじ》刷《は》いたような雲がたなびいていた。肩の力を抜いてそれを眺めながら、頭に浮かぶのは静馬のことだった。

櫻子に心を砕《くだ》いてくれて、躊躇いなくいたわりの手を差し伸べてくれる。二人は契約で結ばれているにすぎないのに、限りなく優しく扱われている。

（……私も、もっと）

お役に立てたらいいのに、と自然と唇から言葉がこぼれた。自分の声に、煙のように苦笑が立ちのぼる。

（無理よ。あんなにお強い方に、私なんかができることはないわ）

写真集に目を落とす。櫻子がページをめくる音が、庭の片隅にささやかに響いていた。


——静馬さまの様子がおかしくないかしら。

櫻子は、帰宅した静馬を玄関で出迎え、眉をひそめた。明らかに顔色が悪く、足取りが重い。いつもぴしりと背筋を伸ばして、しっかりと地を踏む人とは思えない。櫻子は思わず、静馬の右手を取った。

「……どうかしたかな？」

静馬が微笑む。それも無理に作り上げたものに見えて、櫻子はうろたえた。

「あの、静馬さま」

「うん？」

「ええっと……」

口ごもり、自分が嫌になった。早く休んでもらうべきなのに、もたもたして余計な時間を取っている。静馬が苛立ちの一つも見せないことが、逆に申し訳なさを募《つの》らせた。

櫻子はやっとのことで言葉を紡《つむ》いだ。

「た、体調が悪そうです。お医者さまを呼びましょうか？　それとも、お薬を持ってきましょうか？」

静馬が目を見開く。櫻子を見下ろし、ゆっくりと瞬きした。櫻子の取った手が小さく震える。彼は額にこぼれ落ちた前髪を払い、なんでもないように笑った。

「ああ、いや平気だ。これは、少し……」

言葉が途切れる。櫻子が不審に思う間もなく、静馬がこちらに向かって倒れ込んできた。

「静馬さま！」

悲鳴じみた声を上げ、櫻子は慌てて静馬の体を支えようとする。しかし支え切れるはずもなく、一緒になって床に崩れ落ちてしまった。

静馬を間近にして、その具合の悪さが切実に伝わってきた。息は荒く、体全体が熱い。顔からは血の気が引き、真っ青だった。

静馬が切れ切れに呟いた。

「大丈夫、だ……今日は、耳飾りが……」

「え？」

静馬の耳元に目をやる。そこにつけられた耳飾りは黒ずみ、輝きを失っていた。理由はよくわからないが、役目を果たしていないことは確かだ。櫻子は慌てて静馬の手を握りしめ必死に言い募った。

「静馬さま、私に力をお渡しください。そうすれば、少しは──きゃっ」

屋敷が大きな音を立てて揺れた。こんな時に地震か、と振り仰いだところで、違うと気づく。壁の洋燈は異様なほど大きく燃え盛り、玄関ホールに置かれた花瓶が直線を描いて遠くの壁にぶつかっていく。かと思えば、砕けた花瓶が自然に修復されて床に転がった。

──異能だ。

櫻子は腕の中でぐったりしている静馬を見つめた。この家の中でこんな異能を使えるのは彼しかいない。おそらく、体を蝕む異能力を少しでも発散するため、異能が暴走しているのだろう。

耳元で不気味に風が唸る。すぐ近くで窓が割れ、ガラスの破片が振り落ちてきた。壁が引き倒れそうなほどミシミシと鈍く軋《きし》む。

静馬を抱える腕が、ひとりでに震えた。手足の先から冷たくなっていく。

（……私、怖い、の？）

櫻子は無能だから、異能によって傷つくことはない。しかし、屋敷が倒壊《とうかい》すれば下敷きになってひとたまりもないだろう。その様子はなぜか鮮明《せんめい》に頭に思い描けた。冷たいものがぞっと背筋を走る。

今まで相良家で、ありとあらゆる暴力に身を晒《さら》してきた。だが、そんなものは児戯《じぎ》に等しかったのだと肌身で感じる。深雪は櫻子に、異能のなんたるかを教えてやる、と言って資料を燃やした。だが所詮《しょせん》はその程度だった。

本当の異能はこんなにも強大なのに。

ただの人間の身では避けられない。天の災害に等しいのだ。

拍動《はくどう》が速さを増して、はっきりと耳を打つ。けれど、と腕に抱える静馬に顔を向けた。

青白い顔色で荒く呼吸を繰り返す彼を目の前にすると、なぜだか恐怖は消え去った。放っておけない、と強く思った。

（いくら静馬さまが並外れた異能をお持ちで、それが私を脅《おびや》かしたとしても。私には何もできなくっても）

ここに一人残して逃げる、という選択肢はどうしても取れなかった。

静馬がわずかに呻いた。激しく咳《せき》込み、重たげに瞼を持ち上げる。ぼうとした視線がさまよったあと、ひたりと櫻子に当てられた。

櫻子は我に返り、何も言えずにひたすら見つめ返す。

しばらく見つめ合ったあと、静馬がぶっきらぼうに言った。

「……いいから、捨て置け。べつに、大したことじゃ、ない」

それで言うべきことは言い終えたというように、ゆるゆると瞼が落ちる。櫻子は静馬を抱く腕に力を込めた。そうしている間にも揺れはどんどん激しくなり、屋敷のいたるところから何かが倒れたり、切り裂かれたりする音が響いてくる。

(……今、静馬さまは何と?)

あっけに取られて固まっているうちに、静馬が櫻子の腕をうるさそうに押し退《の》けた。もはや瞼を上げる気力もないらしく、目を閉ざしたまま切れ切れに、

「離れろ、と言っているんだ。近くに、いると、危険だから。わかる、か?」

その言葉の意味を理解するのに、十数秒かかった。それくらい、櫻子には馴染みのない概念《がいねん》だった。

守られる、など。

「……は」

吐息《といき》のような声が漏れる。反射的にはいと答えようとして、言葉を呑み込んだ。言

いたいことはそれではない。静馬を一人にしたくない、と思ったのだ。たとえ静馬本人がそう望まないとしても。

櫻子は乾いた唇を舌で湿《しめ》し、深く息を吸い込み、それから告げた。

「――お断りします」

自分で思ったより、ずっとしゃんとした響きになった。

静馬が驚いたように双眸《そうぼう》を開く。

すぐ近くで、柱がもだえるように大きく軋む。しかし、櫻子はそちらには目もくれず、一心に静馬を見つめた。

体全体が震えていた。櫻子は、いつだって誰かの言うことを聞いてきた。色々な場面で、それが最も生存率を高める方法だった。櫻子の意思はないものとして扱われ、いつしか櫻子自身もそう信じ込んでいた。

でも、櫻子は静馬に守られたいわけではなかったから。

自分のしたいことを主張したのは初めてで、気が遠くなりそうだった。だけれど静馬が目を細め、薄く口を開いたので、慌てて意識をこの場に向ける。

「……君の、初めてのお願いは、聞いてあげたいが」

静馬は腕を上げ、櫻子の髪に触れようとして、指を握り込んだ。それからよろよろと身を起こし、櫻子から離れていく。壁に手をつき、息苦しそうに襟元を緩めて歩き始めた。

「お、お待ちください……っ」

屋敷が不規則に揺れる中、櫻子は立ち上がった。一度よろめいて床に手のひらをつき、それでもなんとか壁にすがるようにして静馬を追いかける。

「せめて、私を杖にしてください」

静馬の腕の下に体を滑り込ませ、半《なか》ば引きずるようにして寝室へ向かう。その間も部屋の扉がバタバタと開閉を繰り返したり、棚が倒れてきたりと気が気ではない。

「……ほんとうに、強情、だな」

すぐそばで、静馬が笑うように言った。肩にかかる重みが強くなる。歩みはどんどん遅くなる。

（嫌われてしまったかもしれないわ）

言うこと一つ聞けない、とうんざりされても仕方がない。かたわらの静馬はもうほとんど意識もないようだった。足元で電撃のようなものが弾けて消える。

なんとかベッドに静馬を寝かせたときには、櫻子の頭にたんこぶができていた。ふっ飛んできた花瓶が頭を直撃したのだ。

だが苦しげに横たわる静馬を見ていると、頭の痛みも感じられなかった。せめて水でも持ってこようと櫻子はベッドのそばを離れようとする。そのとき、静馬の手が櫻子の手を掴んだ。

その手の熱さにぎょっとする。櫻子は慌てて手を握り返した。

「どうなさいましたか？　何か私にできることはありますか」

叱責《しっせき》を受けるかもしれない、と覚悟した。でも、辛そうな静馬を前にすると、案じる言葉が口をついた。

「……さくら、こ」

掠れた声で静馬が囁く。うっすら目を開き、熱に潤《うる》んだ瞳に櫻子を映した。

「めいわく、かけて、すまない」

それは思いもよらぬ言葉で、返事をするのが一呼吸遅れた。

「……へ、平気です。耳飾りは壊れてしまったのですか？」

「とられた」

「え？」

驚いて聞き返すと、静馬は薄く笑った。何度か咳込み、

「よくあることだ……油断していたな、それより櫻子のことを気にしていたから」

「わ、私ですか？」

「うん……」

まどろむように答えると、静馬は瞼を下ろした。白銀のまつ毛に、滲《にじ》んだ涙がきら

めいている。

「櫻子、どうして」

「はい」

「初めて、会ったとき、笑ったんだ……？」

「え……？」

意表をつかれ、片手を口元に当てた。嫁入り当日の出来事が脳裏をよぎる。いつ笑っただろうか。覚えはないが、笑うとしたらきっとあのときしかない。

櫻子は記憶をたどりながら、ぽつぽつと語り始めた。

「……私は無能です。だから、できることはとても少ないんです」

ライティングデスクの上に積まれた書類が、ばさばさとなだれ落ちた。櫻子は意に介さず言葉を続ける。

「でも、あのとき、無能の私を、必要だと言ってもらえて……そんなことは初めてだったから」

天井では、吊下げ灯が右に左に揺れている。

「嬉しかったんです。とても」

あのときの温かな気持ちを思い出し、つないだ手をそっと押し包む。静馬の指がぴくりと跳ねた。

「そう、か……」

静馬は物静かな面差しを櫻子に向けていたが、やがて、罪を告白するような密《ひそ》やかさで言った。

「むりやり娶って、悪かった。本当はきちんと、君の心を乞《こ》うべきだった」

「そ、そんな……」

櫻子はおろおろする。そんなこと気にしなくていいのに。櫻子にそんな価値はないのに。

静馬の手に力が込められる。祈るような響きで囁かれた。

「それでも、そばにいてくれると、うれしい」

すう、と寝息が聞こえる。揺れは収まり、寝室を飛び回っていた本がばさりと音を立てて床に落ちた。ページが折れ曲がっている。早く拾わなければ、と思うのに、櫻子は身じろぎ一つできない。

──そばにいて、と言われた。

それは櫻子の人生において一度も乞われたことのない願いだった。生まれてこの方、彼女は誰からも遠巻きにされ、罵詈雑言《ばりぞうごん》を投げられて生きてきた。誰もが櫻子を「無能」と蔑《さげす》み、同じ人間とは見做《みな》さなかったのだ。

──浮かれてはだめだ、静馬さまとの結婚は契約なのだから。

そう言い聞かせても、手の熱さが逃げることを許さない。

始まりこそ櫻子の意志を無視したものだった。けれど、それ以降、静馬が何かを無理強《じ》いすることはなかった。異能力発散のための道具として一度も口を聞かずに過ごすことだってできたのに、櫻子を気にかけてくれた。危ないところを助けてくれて、身を案じてくれた。考えていることを知りたいと言ってくれた。少なくとも、櫻子の人生において、最も誠実に接してくれた人だった。

——静馬さまは、私とは違う世界の方なのだから。

ひねくれた思考が水を差す。でも、それならば今の状況はなんだ。耳飾りを取られてもよくあることだと流す。誰からも愛されて、守られてきた人はそんな目には遭《あ》わない。

そもそも、と部屋を見回した。

なぜ彼はこの屋敷に一人で暮らしているのだろう。伯爵家次男ならば、使用人の一人や二人いて当然だ。それにもかかわらず、彼は誰も寄せつけず広い屋敷で一人過ごしている。家族から遠巻きにされているのか、周囲に被害を及ぼすことを恐れた静馬が一人を選んだのか、もしくはその両方なのか。櫻子には知る由《よし》もない。いずれにせよ、その華やかな肩書きから想像される暮らしではない。ひどく孤独だ。

それでも彼は、櫻子に謝罪し、そばにいてほしいと希《こいねが》う。いつもうつむいて、状況に流されて、どこか遠くへ行きたいと天国みたいな世界を夢見るばかりの櫻子とは違って、きちんと目の前の相手に向き合っていたのだ。

櫻子は、夜が明けるまで、静馬の手を握っていた。


静馬の目が覚めたのは、翌日のことだった。

だいぶ顔色が良くなっており、櫻子はほっと息を吐いた。

「おはようございます、静馬さま。お加減はいかがですか？」

「……櫻子は、一晩中？」

「はい」

櫻子は頷いた。つないだ手を指し示し、

「少しはお役に立てるかと思って。私にはわかりませんが、異能力は発散できておりますか？」

「……ああ、もう大丈夫だ」

ぼんやりした口調で答えた静馬は、ハッと目を見開くと半身を起こした。

「櫻子、怪我はないか？」

「え？」

「異能が暴走しただろう」

「いえ、問題ありません」

櫻子はじわじわと痛むたんこぶを無視して言った。静馬に気を使わせたくなかった。

だが、静馬は半目になって櫻子を睨むと、「本当のことを言え」と口を尖らせた。

「異能力の発散に支障があるかないかは関係ない。櫻子が傷ついたかどうかを知りたい」

思わぬ言葉に櫻子は面食らい、目を瞬かせた。静馬はまっすぐに櫻子を見つめている。

（本当に大丈夫なのに……）

けれど正直に申告するまで、彼は視線を外すつもりはないらしい。おずおずと口を開いた。

「あ、頭を少し……でも、大したことではありません」

「見せてみろ」

櫻子が身を寄せると、静馬の手が櫻子の頭を撫でた。軽くこぶに触れたあと、安堵《あんど》したように吐息をつく。

「大きな怪我ではないようだが、あとでしっかり冷やしておくように。櫻子には治癒の異能も効かないのだから。吐き気や眩暈はしないか？」

「本当に平気です。ほんの少しぶつけただけですから」

「結果論だ。打ちどころが悪ければどうなっていたかわからない」

静馬の体が離れていく。つないでいた手もほどかれた。急に空いた手のひらがひやりと冷えて、櫻子はとっさに両手を握りしめた。

「櫻子、こっちを向いて」

告げられ、静馬の方を向く。彼の手のひらが櫻子の頬を包んだ。

長い指が櫻子の目の下をなぞる。静馬が心配そうに眉を下げた。

「隈《くま》ができている。今日はもう休むといい」

「これくらいなんともありません。静馬さまのおそばにおります」

そう言った途端、静馬の指が硬直した。気まずげに櫻子を窺う。

「……僕は何か言ったか」

「お嫌であれば忘れます」

「いやいい。……それで？　そばにいてくれるのか？」

自棄《やけ》になったような声音に、櫻子は思わずふふっと笑った。

「はい。もちろんでございます」

静馬は驚いたように櫻子を見つめている。きょとんと首をかしげると、眩しそうに彼の目が細められた。

「……うん、櫻子は笑っている方が良い」

第二章

台所の格子《こうし》窓から射し込む朝日を浴びて、櫻子は深呼吸した。

目の前の調理台には、櫻子の作った朝食が並んでいる。ふわふわのパンに、バターをたっぷり使ったオムレツ、緑の鮮やかなサラダ。グラスに注いだ冷たい牛乳。シロップで煮詰めた杏《あんず》のコンポート。

自分のためだけならば、絶対に作らないような膳立《ぜんだ》て。

けれども今朝は早起きして朝食をこしらえた。彩りも考えて皿に盛りつけた品々を銀のお盆にのせ、こぼさないように慎重に食堂へ運ぶ。

廊下を進みながら、櫻子の胸に緊張が込み上げてきた。

(静馬さまは、舶来《はくらい》風の食事はお好みかしら……)

静馬と初めて朝食をともにする朝だった。櫻子はある決意を秘めながら歩いていた。

こそりと入り口から食堂を覗くと、窓辺に立った静馬がカーテンを開けているところだった。異能を使っているのだろう、指を一振りするだけで、するすると厚地《あつじ》の布が窓の端に寄せられていく。日光を受けて眩しげに細められた瞳が、柘榴《ざくろ》の実のようにきらめいて見えた。静馬はまだ身支度を整えておらず、カフスシャツを二の腕辺りまでまくり上げている。

と、櫻子の気配を察したのか、こちらを振り向いた。その唇が動く前に、櫻子は声を上げる。

「静馬さまっ」

声が裏返ってしまった。何事かと静馬が眉を上げる。櫻子の頬に血がのぼり、お盆に顔を伏せかけた。

だが、櫻子は決めたのだ。

――今朝は、自分から朝の挨拶をする、と。

「お……おはようございます」

初手の失敗を挽回《ばんかい》しようと懸命に顔を上げたが、どもりがちになってしまった。心の中で頭を抱え、床を転がりたくなる。静馬は目をぱちくりさせていた。それはそうだろう、いつも萎縮《いしゅく》するばかりで、静馬から声をかけられないと挨拶もできない櫻子が、急におはようなどと言ったのだから。

妙な緊迫感の漂《ただよ》う食堂に、窓の外からのどかな小鳥の鳴き声が聞こえてきた。

静馬が、ふわりと笑った。

「ああ、おはよう、櫻子」

仁王路の屋敷の空気は、なんとはなしにやわらいだものになった。

櫻子と静馬はできるだけともに食卓を囲み、必ず朝の挨拶を交わす。櫻子は昼間、静馬の手配により、琴やダンス、礼儀作法、普通教育を習うようになった。勉強は楽しく、櫻子の表情はどんどん明るくなった。また、衣装部屋の上質な着物を着て化粧を施すようになると、傍目《はため》にも令嬢らしくなっていった。

二人は夜もぽつぽつ会話を交わすようになった。櫻子は昼間の稽古《けいこ》の様子や読んだ本の感想を、静馬は外で起きたことや、職場のたわいない話をした。

その夜も、櫻子と静馬はともに夕食の席を囲んでいた。朝食同様に櫻子が用意したものだ。今まで静馬は外食で済ませることが多かったらしいが、櫻子が作るというと家で食べるようになった。

今日のメニューは枝豆ご飯に、鯵《あじ》の酢漬け、味噌汁と冷奴《ひややっこ》だった。

ずっと家事を担《にな》っていたものの、櫻子は特に豪華な料理を作れるわけではない。

相良家では、櫻子の料理は不味《まず》いだの食べる気が起きないだのと言われることもあったので、伯爵家次男である静馬の口に合うかどうか内心不安だったのだが、彼はたいてい「とても美味しいよ」と言ってなんでも食べた。たまに櫻子が、手料理など飽きないか、と外食を勧めると「僕は飽きないが、櫻子は毎日大変だろう？　一緒に外に行こうか」と誘いかけるので、おそらく櫻子の料理に不満があるわけではないのだろう、と思う。育ちが良いので好き嫌いがないのかもしれないわ、とも勝手に思っていた。

静馬は綺麗な箸づかいで枝豆ご飯を口に運びながら言った。

「そういえば、歌劇場で最近かかっているオペラが良いらしい」

「オペラ、ですか」

櫻子はすっと視線を宙に向けた。存在は知っている。深雪がかつて、歌劇場に行きたいと両親にねだっていたのを聞いたことがあった。至間國では人気の娯楽《ごらく》で、チケットを取るのは非常に大変らしい。両親も深雪のおねだりにずいぶんと苦労していた。そんな彼らの尽力《じんりょく》の末に行った舞台は、それは素晴らしいものだったと、櫻子は深雪にたいそう自慢されたものだ。なんでも、とても豪華な舞台でとても華やかな衣装をまとったとても美しい人々が歌ったり踊ったりするのだそうだ。

櫻子の返事をどう思ったのか、静馬が言う。

「もし興味があれば、一緒に行かないか」

「でも、チケットを取るのは難しいのでは」

「そうでもない。仁王路家は歌劇場の設立にも関わったし、今も継続的に大口の寄付《きふ》をしているからある程度融通《ゆうずう》が利く。こういうときに使わなくてはね」

なんでもないように言う静馬に、櫻子は目を点にした。あらためて、仁王路家の力の大きさを思う。

「な、なるほど……」

「どこの華族もやっていることだよ。いわゆる税金対策にね。相良家でもそうだったのではないかな」

櫻子は首をかしげた。帳簿《ちょうぼ》づけを手伝わされていたこともあるが、庄太郎がそのようなことをしていた素振りはない。もちろん、櫻子が相良家の財政事情を全て把握《はあく》しているわけではないのだが。

箸を持つ手を止めて物思いに耽る櫻子に、静馬は咳払いをした。「そんなことより」と言ってじっと櫻子を見つめる。

「櫻子は、どうだろうか」

あまりに真剣な眼差しを注がれて、櫻子の心臓が一つ跳ねた。テーブルの上の料理に視線をさまよわせながらあたふたと頷く。

「そ、そうですね。私はオペラを見たことがないので、行ってみたいです」

それは本当だった。かつて深雪から聞くだけだった、豪華絢爛《ごうかけんらん》なひと時。自分にはまるで想像もつかない世界を見てみたいと思ったのだ。もちろん、叶わぬ願いだとはわかっていたけれど。

静馬はほっとしたように口元を緩めた。

「それでは、次の休みの日にしよう。オペラは夜に開幕だが、昼間のうちに行きたいところがあるから、櫻子もそのつもりで用意してくれ」

「はい、楽しみです」

櫻子の唇もほころんだ。繰り返し寝て起きた先に楽しみがあるというのは、櫻子の人生においてはめったにないことだった。

至間國軍務局参謀室。外庭での軍事演習を終えた井上は、居室に友人の姿を見留め、ニヤリと笑った。机に向かって書類仕事をしているらしい後ろ姿に、気配《けはい》を消して忍び寄る。

「よっ！　静馬、お疲れさんだな」

「井上か。先週の日報が上がっていないぞ。早く提出しろ」

手元の書類に目を落としたまま、眉一つ動かさず答える静馬に井上は肩を落とす。静馬にこういう悪戯《いたずら》が成功したことはない。軍事演習では、五キロ先からの狙撃《そげき》に気づいたとかいう噂のある男だった。

静馬の手元を覗き込むと、彼はサンドイッチを片手に仕事をしているようだった。行儀《ぎょうぎ》が悪いが、少数精鋭、すなわち激務の参謀室ではまま見られる光景だ。

静馬の机の隅にはサンドイッチが詰められた小さな弁当箱が置いてある。中身は卵にトマトにレタスにローストビーフ、とシンプルながら彩り鮮やかで、心を和《なご》ませた。

美味しそうな匂いにつられ、井上は思わず手を伸ばす。

「何食ってんだよー、俺にもくれよー」

「だめだ」

井上の手はにべもなく払われた。井上はしょんぼり肩を落とす。あるときから静馬は仕事の片手間に食べられるものを持ち込むようになった。大変美味そうなのでおこぼれにあずかりたいのだが、一度も機会がない。

井上は自席に座り、机に積み上がった書類の山をゴソゴソ漁った。

「それじゃ、日報、今から書きますんで……」

書きかけの日報を引っ張り出し、万年筆を握ったところで、ぼそりと声が投げられた。

「……井上、その、先日のアドバイスについては礼を言う」

井上は目を丸くする。辺りをきょろきょろと見回して声の主を探し、それが書類の山の向こうの静馬しかいないと理解して、青ざめる。

「え？　なんだ？　すまん、俺の耳はおかしくなったらしい。幻聴《げんちょう》が聞こえた」

「先日のアドバイスについて礼を言う」

「俺、体調悪いかも。軍事演習で日差しに当たりすぎたかな。静馬が俺に礼を言っている夢を見ているんだ」

「おい！」

苦虫を噛みつぶしたような顔でこちらを睨む静馬に、井上は声を上げて笑った。

「悪い悪い。それくらい意外だったもので。でも礼ってなんだ？　何かしたか、俺」

「この間、歌劇場のことを話していただろう」

「ああ、あれな！」

数日前、井上は静馬に、姉とともに観劇したオペラの話をしたのだった。静馬は大して興味もなさそうだったが、ぽつりと、それは慣れていない人間でも楽しめるだろうか、と口にした。鑑賞の余韻《よいん》が残っていた井上は大きな身振り手振りで「絶対に行った方がいい！　行け！　今すぐ！」と熱弁を振るった。鬱陶しがられた。

静馬はそのことを言っているらしい。

「観に行くのか？　でも、静馬にはぴんとこないかもな。醜《みにく》い男の話だし」

「はあ？」

静馬が険《けわ》しく眉をひそめる。その不機嫌そうな顔つきさえ麗しい憂《うれ》い顔に見える男に、井上は盛大なため息をついた。

「いいか？　一人の醜い男が美しい女に恋をするんだ。だが、男は自分の醜さを気に病《や》んで恋心を打ち明けられない……ここまでついてこられるか？」

「話の筋はわかるが」

静馬は険しい表情で頷く。長いまつ毛が窓から射す日に輝き、緋色の瞳をけぶらせていた。本当に理解できているのかこの男は、と井上は歯ぎしりする。

「一方で、醜い男の友人も同じ女に恋をしているんだ。しかしその友人は、見た目は美しいのにそんなに頭が良くないから、女に想いを伝えられないんだ。理解できるか？」

「いいから続けろ」

煩わしげに手を振られ、井上は口を尖らせた。ステージの上の役者のように両手を広げてみせる。

「そこで、醜い男は自らの詩の才能を駆使《くし》し、美しい友人の代わりに愛する女への恋文を代筆するんだ。そうして女は美しい友人に恋をする。だが、彼女が愛したのは美しい外見か、それとも美しい恋文か？」

静馬は軽く首を振った。

「で、どうなるんだ」

「醜い男は色々あって愛する女に想いを打ち明けて死ぬ」

「死ぬのか……」

「でもそこも良いんだよ！　静馬にはわからねえと思うけどよ!!」

井上は目の前の男を睨み据えた。端正な容貌に規格外の異能、おまけに伯爵家の次男ときている。およそ彼に手に入らないものもないだろう。地位も栄誉《えいよ》も愛も、きっと思いのままだ。

　だが、話を聞き終えた静馬は黙って目を伏せていた。

　雲が太陽の前をよぎったようで、窓からの日差しが途切れた。ふいに落ちた影の中、静馬の唇がかすかに動く。

「……ん？　何か言ったか？」

「いや何も。面白そうな筋書きじゃないか」

　井上に向かった静馬の顔からは、先ほどの影は綺麗に拭い去られていた。また日の光が燦々と室内に降り注ぎ始める。雲はどこかへ通り過ぎていったらしい。井上は瞳を細めて静馬を見つめたが、光を浴びるその姿は、まさに舞台に立つ主人公のように見えた。

　井上は言いかけた言葉を飲み込み、明るく言った。

「チケット手に入るならもう一度俺も観たいんだよな。一緒に行っていいか？　本当に良かったんだ。号泣《ごうきゅう》してたぜ、俺が」

「絶対に来るな。僕は妻と行くんだ」

「へえー……え？」

　静馬の言葉に、あれこれ考えていた井上の思考が止まる。ツマ、ってなんだっけ？　何度か脳内で漢字を変換したのち、井上は調子の外れた叫び声を上げた。

「妻ぁ!?　じゃあそれってデートじゃねえか!　くそ!　羨ましい!」

「デ……っ」

静馬が絶句する。常に凛然《りんぜん》としている顔つきを引きつらせ、白皙の肌にかすかな赤みが差した。井上は内心ほくそ笑む。主人公に見えるなどと思ったのは前言撤回だ。

静馬のそんな様子を見るのは初めてで、ここぞとばかりに絡もうと心に決める。N人目の恋人にフラれたばかりの自分に、そんな話をしてくる憤《いきどお》りを込めて。

「おいおいなんだかんだ上手くやってんじゃねえか。結婚したばっかの頃にはあんなに冷めてたくせによー!」

「うるさい」

「今までどんな美女に言い寄られても全然靡《なび》かなかった静馬がなー、デートに行く日が来るとはなー」

「あのな、いい加減にしろ」

しかし井上が煽《あお》ることができたのもそこまでだった。静馬はキッと井上を睨むと、肩をすくめて言った。

「ああそうだよ、こっちはそのつもりでいるんだよ。だが夫婦なんだから、出かけるくらい普通のことだろう」

開き直った静馬に、井上はウインクして鼻の下をこすってみせた。

「なんか困ったことがあったら、この俺を頼りにしてくれていいんだぜ？　俺は女性との付き合い方には詳しいからな」

「全員フラれてるだろ」

「泣くぞ!!!!」

井上の大音声に、静馬が顔をしかめる。そこに、間延びした声が割って入った。

「井上先輩、うるさいんですけどー」

静馬と井上は、揃って声の方を向く。そこには、身にまとう軍服をなぜか泥だらけにした男が立っていた。華奢な体つきで、顔立ちもずいぶんと幼く、一見すると可愛らしい女性に見える。だが入局して早々に参謀室に配属された期待の新鋭《しんえい》だった。名を鞍田遠矢《くらたとおや》という。

静馬は一歩進み出て、鞍田の前に立った。

「鞍田、帰ったか。任務はどうだった」

「はいー。特殊失踪《しっそう》人の探索でしたが、もう散々ですよ。対象のにおいが途中で途切れちゃって。途中で腐りきった沼地を通ってたんですよね。そのせいで沼にはまるし」

鞍田は異能によって、人並外れた嗅覚《きゅうかく》を持っていた。探索の際にはそれを活かしているのだが、今日は上手くいかなかったらしい。

静馬は指で顎を撫でた。

「特殊失踪人の届出は、今月で三人目、だったか」

「ええ。なーんか嫌な感じしますよね。性別も年齢もバラバラなんですけど、やけに多くて」

静馬はしばし何事か考え込んでいたが、やがて鞍田に目を向けると「ご苦労だったな」とねぎらった。それから片手を上げ、人差し指を空中でスッと動かす。

一瞬のうちに泥だらけの鞍田の軍服が新品のように綺麗になって、鞍田と井上は身を引いた。

「ええ……今の、なんです?」

「見た通りだろう」

静馬の返事に、鞍田は井上と顔を見合わせた。

「いやわっかんないから聞いてるんですよ。井上先輩、わかります?」

「たぶん、〈分解〉と〈再構成〉だろ。下手したら鞍田ごとバラバラになって再起不能になってたやつだぞ」

「華族なら生まれただけで即当主レベルの異能を洗濯に使う仁王路少佐の感覚、わっかんないです……」

鞍田は心底理解できないというように首を横に振る。静馬は肩をすくめ、また仕事に戻った。

次の休みの日は、すぐにやって来た。頭上には抜けるような青空が広がっており、櫻子は眩しさに手庇《てびさし》を作った。屋敷の庭の芙蓉《ふよう》が薄紅の花を咲かせ、葉は日を浴びて緑色を艶やかにしていた。

「櫻子、行こうか」

屋敷の門前で静馬が櫻子を待っている。静馬はテーラーで仕立てた黒のスーツ姿だった。白銀の髪がよく映えて、知らず目で追ってしまう華やかさを持っている。

櫻子は胸元を押さえ、小走りで彼のもとへ向かった。

その様子に静馬が軽く苦笑してみせる。

「そんなに焦らなくていい。時間はたっぷりあるから」

「でも、お待たせしては申し訳ありません」

「気にするな。それより櫻子が転んでしまう方が僕は嫌だ。今日は一段とめかし込んでいるね」

櫻子は胸の前で手を組み合わせ、うつむいた。今日のために綺麗に手入れした裂地《きれじ》の草履の先が目に入った。銀彩《ぎんだみ》の鼻緒が目にも鮮やかだ。

今日の櫻子は、鮮やかな紫陽花《あじさい》柄の絽《ろ》の訪問着に袋帯《ふくろおび》を締めていた。

歌劇場に行くのに不自然ではない装《よそお》いは何か、と深雪や母の紅葉の着つけを手伝った記憶を頼りに、かなり悩んで決めたものだった。姿見の前で何時間も服を取っ替え引っ替えし、ああでもこうでもないという二人に付き従っていると、嫌でも覚えてしまう。

着物は全て静馬が買い与えてくれたものだ。後ろめたくて仕方ないのだが、仁王路伯爵家の関係者がみすぼらしい恰好をしている方が静馬に恥をかかせるとはわかっていたから、なるべくそれらしくするようにしていた。とはいえ自分を着飾ることには躊躇いがあり、紅葉や深雪と比べると相当地味だろう。

櫻子はつま先に視線を落としたまま、小さな声で聞いた。

「……変ではないでしょうか？」

「どこが？　すごく綺麗だ」

静馬が櫻子に手を伸べる。うつむいた櫻子の前髪を、指先で軽く払った。びくっと震える櫻子の頬に手を添え、そっと上向かせる。困惑する櫻子の顔を、微笑みながら覗き込む。

「……もっとよく見せてくれ」

秘め事を明かすように囁かれ、櫻子は思わず息を詰めた。思ったよりも静馬の顔が近くにある。吐息が触れそうで恐ろしかった。静馬の綺麗な瞳に、うろたえた自分の顔が映るのが耐えられなくて、たまらず目を瞑った。

静馬がそっと顔を寄せる気配がする。すぐ間近で、ふ、と息だけで笑う音がした。

「こういうときに、目を閉じてはいけないよ」

「え……？」

静馬の離れていく様子を感じ、櫻子はこわごわと瞼を上げる。頬に添えられていた手のひらも外され、静馬はもう紳士的な距離を保っていた。

混乱に脈打つ心臓を必死で押さえつける櫻子に、静馬は美しい笑みを向けた。

「何をされるか、わかったものではないからね」

「な、何をされるところだったのですか……？」

狼狽《ろうばい》しきった櫻子は、自分が回答を誤ったことを悟った。静馬の笑みが深くなる。

彼は愉《たの》しげに目を細め、声を低くした。

「……知りたいなら続けようか？」

「えっ!?」

心臓が一回転した。続きとはなんだ。今でも暴れ回る心臓をなだめすかすのに精いっぱいだというのに、さらにこの先があるというのか。櫻子はもういっぱいいっぱいです、という気持ちを伝えるため、必死に口を動かした。

「いえっ、もうたくさんです」

「……そうか……」

静馬は複雑そうな顔をする。だがすぐに肩の力を抜くと、櫻子に向かって恭《うやうや》しく手を差し出した。

「では行こうか。楽しい休日にしよう」


休日の中央通りは行き交う人々で賑わっていた。軒《のき》を連ねる店の前には人々が楽しげに集《つど》い、辺りは活気に溢れている。

そんな中、櫻子は静馬の後ろをちょこちょこと歩いていた。静馬は時折後ろを振り返り、櫻子がついてきているのを確認しているようだった。目が合うたびに小さく微笑まれるので、櫻子としては気が気でない。

静馬が向かったのは、小間物屋だった。中央通りから少し外れたところに居を構えており人の往来《おうらい》は少ないが、格式ある風情《ふぜい》で、櫻子は足を踏み入れるのを躊躇った。

しかし、静馬は慣れた様子で暖簾《のれん》をくぐる。櫻子も慌ててあとを追った。

「いらっしゃいませ」

奥から品の良い婦人が現れて、挨拶をしてくれる。櫻子に目を止め、あら、と口元を押さえた。

「まあ、仁王路さま。こちらの可愛らしい方は?」

「僕の妻だ」

「あらあらまあああ！」

女性の瞳がキラリと輝く。櫻子はその眼光に慄《おのの》きながらも、ぺこりと頭を下げた。

「櫻子と申します。よろしくお願いいたします」

「これはご丁寧にありがとう存じます。あの仁王路さまがご結婚なさるなんてねえ。めでたいことでございますよ」

言いながら、静馬の方を見やる。

「いつもはお姉さまの付き添いばかりだったのに。そうだ、ご所望《しょもう》の紅が入りましたから、またお越しくださいとお伝えくださる？　紅に合う簪《かんざし》も取り揃えておりますから」

「伝えておくよ」

櫻子は苦笑する静馬を見つめ、内心で呟いた。

（静馬さま、お姉さまがいらっしゃるのね）

もちろん華族名鑑には仁王路家の全ての親族の名が載っている。だから櫻子も存在自体は知っていたが、それは紙の上に記された無機質な文字列にすぎなかった。その人となりも、静馬との関係性も、櫻子は何も知らなかったのだ。

（お姉さまとは仲が良さそうなのね。良かった……）

仁王路別邸で一人で暮らしていた静馬に、親しい家族がいると思うと心が温かくなった。それは望んで手に入るものではないと知っているから。

女性が櫻子に向き直る。爛々《らんらん》と目を光らせ、

「それで、今日は何をお求めに？　贈り物でしょうか？」

「ああ、そうだ。少し店内を見て回らせてくれ」

何気なく頷いた静馬の後ろで、櫻子は辺りを見回した。美々しい櫛や笄《こうがい》、可愛らしい陶器に入った白粉《おしろい》や紅、華やかなバレッタやリボンが整然と並べられていて、目がちかちかする。櫻子にはとうてい縁のないものだった。

静馬は一体どんなものを贈るのだろう、と考えた。彼が選ぶものなら、きっと間違いないだろう。きっと相手も喜んでくれるに違いない。

それから、ふと思う。

（どんな方に贈るのかしら……。きっと美しい方だわ。ここにあるものはみんな、綺麗なものばかりだもの）

綺麗なものは、美しい人を彩るのがふさわしい。そのために作られたのだから。

ぼんやりと思考を巡らせる櫻子に、静馬が問いかける。

「櫻子、何か気になるものはあるかな」

「……私、ですか？」

櫻子はぽかんとした。なぜここで自分が出てくるのか、さっぱりわからない。静馬が贈り物をしたいのだから、彼が選んだ方がいいに決まっている。今までろくに着飾ってこなかった櫻子の意見などまったく信用できないのだ。

二人の間に沈黙が流れる。静馬が気まずげに咳払いをした。

「僕が贈り物をしたかったのは、櫻子なんだが……」

「わ、私ですか？」

櫻子は目を丸くし、阿呆《あほう》のように同じ言葉を繰り返してしまった。まったく耳馴染みのない話だった。急にどうしたのだろうか。櫻子に、何か贈り物をもらう権利なんてないのに。

折り目正しく後ろに控えた女性が、微笑ましそうにしている。櫻子はおろおろと静馬を見上げた。

「な、なぜ私に……？」

「夫が妻に物を贈るのに、理由が必要だとでも？」

「えっと……？　ああ、地味で見苦しいということでしょうか？」

今だって、櫻子は髪をそっけなく半結びにしただけ。仁王路邸で過ごすようになってから、ぼさぼさだった髪には艶が出てきたが、道ゆく少女と比べれば素朴《そぼく》すぎる。伯爵家として看過できない野暮《やぼ》ったさということかもしれない。

櫻子の推理に、静馬はきっぱり首を横に振った。

「まったく違う。櫻子は、誰かに贈り物をしたいと思ったことはないか」

「いえ、特には……ああ、でも」

胸に思い当たるものがあって、櫻子は小首をかしげた。

「贈り物というほどたいそうなものではありませんが、最近、静馬さまにお弁当を作っていると……喜んでいただけたらいいな、とは思います。どんなお顔で召し上がるのか、美味しいと感じていただけるか……想像するだけで、なんだか幸せなんです」

料理をしていてこんな気持ちになるのは初めてで、櫻子は不思議だった。初めはただ、仕事が忙しくて食堂に行く暇もないという彼に、机で食べられるものをこしらえていただけだった。櫻子は静馬にとても良くしてもらっているから、ほんの少しでも役に立てればそれでよかった。

けれど、いつからか献立《こんだて》を考えるたびに、弁当箱に料理を詰めるたびに、少しでも静馬が美味しく食べて、喜んでくれたらいいな、と祈るような気持ちが湧いてきたのだ。

静馬は何も答えない。

櫻子はハッと口元を両手で覆った。櫻子ごときが彼に喜んでもらいたいなど不遜《ふそん》だった。不快にさせてしまったり、気持ち悪がられてしまったりしたかもしれない。

「……櫻子」

なんだかぎこちなく名を呼ばれて、櫻子はおずおずと顔を上げた。視線の先では静馬がぎゅっと目を瞑り、片手でこめかみを押さえるようにしている。なぜかその耳は朱に染まり、口はまっすぐに結ばれていた。

櫻子はあわあわと尋ねた。

「ご、ご不快でしたでしょうか？」

「そんなことは、断じて、ないが」

「でも、何かに耐えられているような……？」

「櫻子は気にしないでいい」

静馬は口早に言うと、真剣な表情で櫻子を見た。その目元までうっすら赤い。

「そういうことだよ」

「え……？」

「僕が櫻子に何か贈り物をしたいと思ったのは」

静馬は棚に並んだ小間物を眺めやりながら言う。

「喜ぶ顔が見たかった。我ながら、ただの自己満足だが」

「静馬さまが、私に……」

櫻子は目を見開いた。それは思ってもみないことだった。櫻子の喜ぶ顔を見たいという人間は、今まで一人もいなかったから。

じわじわと熱が集まってきて、両手で頬を押さえた。唇がほころぶ。

(静馬さまも、私と同じように思ってくださっている……?)

別に他意はないのだわ、と気を引きしめる。静馬は櫻子の喜ぶ顔が見たいと言っただけで、だからどうなるというわけではない。けれど、顔の熱はなかなか冷めそうになかった。静馬は気を取り直したのか、そんな櫻子をにこにこと眺めている。

そういうことであれば、と櫻子はぎゅっと拳を握った。

静馬の期待に応えたい。櫻子はいつも、空っぽになった弁当箱を見ると微笑んでしまうから。

しかし、それはそれとして。

(ぜ、全然わからないわ……)

きらびやかな品々を前にして、櫻子は途方に暮れた。

どれもこれも、とても素敵なものだということはわかる。以前の櫻子には決して手の届かなかったであろう雲上《うんじょう》の品だった。

でも、それが自分を彩るところは、どうしても上手く想像できなかった。椿《つばき》の意《い》匠《しょう》が施された簪も、きらめく輝石《きせき》が嵌《は》め込まれたバレッタも、ほかの娘の髪に飾られているのが似合うと思う。櫻子にとっては、身につけることはおろか、手にすることさえおこがましいという気がした。

奮起《ふんき》するために握った拳が、痛い。どんどん背中が丸まっていった。

（どうして私は、上手にできないんだろう……）

せっかく静馬が気遣ってくれたのに。本当ならここで、櫻子は目を輝かせてあれこれ品を選ばなくてはならないのに。

何か言わなくては、と焦れば焦るほど口の中が乾いていく。

「……私、は」

そのとき、櫻子の手の甲に何かが触れた。それは櫻子をいたわるように拳をほどき、爪の食い込んだ手のひらを優しく撫でる。

静馬の手だった。彼は櫻子の様子を窺い、苦笑する。

「無理をさせたいわけじゃない」

「ち、違うんです……」

櫻子は必死に首を横に振った。本当に、静馬の気持ちは嬉しいのだ。それは嘘じゃない。ただ、櫻子が上手くやれないだけで。静馬は一つも悪くない。

静馬はなんでもないように言う。

「櫻子は、今まであまりこういうものを身につけたことがないんだろう？　なら、迷うのは当然だ。僕も悪かった。初めてのデートだと思うと、浮かれていてね」

そんなことはない、と櫻子は必死に言い募ろうとして、耳が拾った謎の単語の意味を咀嚼《そしゃく》した。

そして、硬直した。

「で、でえと？」

「うん？　僕は最初からそのつもりだが」

一分《いちぶ》の隙もない笑顔で言う静馬に、櫻子は慌てふためいた。わたわたと手を動かし、無意味にあちこちに視線を投げ、もう一度言う。

「で、デート、でございますか……」

「そう。何か困ることが？」

「い、いえ……」

困ることは、ないのだけれど。

櫻子はまた頬が熱を帯びてきたのを感じ、さっとうつむいた。

もちろん、櫻子にとってデートなど初めての経験だった。そのような概念が存在していることは知っている。深雪が時折《ときおり》、どこそこの令息《れいそく》に誘われて特別なお出かけに向かうのを幾度も見送った。

櫻子は胸元に手をやった。今日はもうずっと、心臓がいつもより速く脈打っている。

デートとはこんなに大変なことだったのか、と認識をあらためた。

でも、不思議と嫌ではなかった。

櫻子はそっと顔を上げる。静馬が「これはどうだろうか」と一つの品を手に取った。それは蘇芳《すおう》色のシルクリボンだった。染め抜かれた七宝《しっぽう》柄が美しい。櫻子は手を伸ばしかけ、ぎゅっと指を握り込んだ。

店の奥で見守っていた女性が近寄ってきて、「良かったら髪にかけてみてくださいな」と勧める。櫻子はもう一度手を差し出し、リボンを受け取った。

他人の髪は何度となく整えてきたが、自分の髪ではやったことがない。何度か結ぼうとしても、するりとほどけてしまった。苦戦していると、手に静馬の指が触れる。

櫻子の肩がぴくりと跳ねた。

「僕が代わろう」

静馬はそう言って、意外なほど器用に櫻子の髪を結《ゆ》わえる。壁にかけられた鏡を見ると、可愛らしいリボンで髪をまとめた少女が映っていた。

壊れ物に触れるように、そうっとリボンに触れる。さらさらとした絹の感触が心地よかった。

似合っているのかどうか、自分ではよくわからない。

このリボンの居場所は、櫻子の髪ではないとも思う。

けれど、これが良い、と思った。

櫻子は鏡越しに静馬と目を合わせ、意を決して言った。

「静馬さま、私、このリボンがとても気に入りました」

櫻子の言葉に静馬は目を見開き、それから微笑する。

「……そうか。とても綺麗だよ」

櫻子は頷けない。本当にそうなのか、櫻子には判断がつかない。

でも。

(――そうだったら、いい、わ)

最後にリボンを一撫でして、祈るように呟いた。


太陽が沈むと、暑さもやわらいでだいぶ過ごしやすくなる。夜の帷《とばり》が下りても通りには明るい街灯が連《つら》なり、昼間のように明るい。そんな中で、櫻子は歌劇場を見上げていた。

歌劇場は、石造りの瀟洒な建物だった。華麗な彫刻で綾取《あやど》られた円柱が、アーチを描く屋根を支えている。壁に一列に並ぶ半月状の窓には色とりどりの硝子《ガラス》が嵌め込まれ、辺りに花びらの散ったような光を投げかけていた。

劇場内に一歩足を踏み入れれば、床に毛足の長い赤色の絨毯が伸べられ、天井には美しい絵画《かいが》が描かれている。どこを見ても隅々まで非日常が行き届いていた。

櫻子は席に着くまで、感嘆の声を上げっぱなしだった。隣からくすりと笑い声が聞こえて、やっと我に返る。

「は、はしゃいでしまって申し訳ございません」

膝の上で両手を握りしめ、顔を赤くする。初心者丸出しの行動で恥ずかしい。

静馬が笑みを噛み殺しながら聞いた。

「歌劇場が珍しいか？」

「……はい、初めて来たものですから。本当に、夢みたいに綺麗な場所なのですね」

二人はバルコニー席に座っていた。隣の席とは壁で区切られており、ほとんど個室のようになっている。

人の気配から離れ、櫻子は密かにほっとしていた。何もかもが整った場所で、綺麗に着飾った人々に囲まれるのはどうしても気後れしてしまうのだった。

席からは、緞帳《どんちょう》の下ろされたステージがよく見える。辺りには、期待に胸を膨らませた人々のざわめきが満ちていた。

櫻子は椅子に座り直し、ちら、と静馬を窺った。

「あの、今日の演目はどのようなお話なのですか？　お恥ずかしながら、内容を知らなくて」

歌劇場のいたるところには、タイトルが大きく載った公演のポスターが飾られていた。しかし櫻子には聞き覚えがなく、話のあらすじもわからないまま、ただきらびやかな衣装をまとった役者の写真をぼうっと見ていたのだった。

静馬はちょっと首をかしげる。「僕も聞いた話だが」と前置きし、

「一人の醜い男の恋の話らしい。醜い男が女に恋をしたが、醜さゆえに打ち明けられない。一方、彼の友人も同じ女に恋をしているが、その友人は容姿に優れているものの言葉が貧しくて思いを伝えられない。そこで醜い男は自身の詩の才能でもって、美しい友人の代わりに女への恋文をしたためる――あとは見てのお楽しみ、かな」

「恋、ですか……」

櫻子はぼんやり頷いた。櫻子にとって、恋は自分とはまったく別の世界できらめく星だった。そういう綺麗なものがあるらしいと垣間見ることはあっても、それが櫻子の手に入ることは決してなく、櫻子の行く道を照らしてくれることも、行く先を導いてくれることもない。

そういうものだった。

櫻子は息の詰まるような感じがして、喉元に触れた。その仕草を見留めた静馬が優しく言う。

「そんなに気負う必要はない。客を楽しませようというものだから、気楽に楽しめば

いい」

「は、はい」

劇場内の照明がだんだんと絞られていく。ステージの幕がゆっくりと上がり始めた。

櫻子はすぐに舞台に夢中になった。

スポットライトを浴びてきらめく衣装、伸びやかな歌声、真に迫る演技。そのどれもが櫻子を魅了し、目を離すことを許さなかった。

だからそのラストシーン、醜さゆえに自分の恋心を明かせなかった男が、死の間際になって愛する女性に想いを告白し、息を引き取る幕切れを、身構える暇もないまま直視してしまった。

カーテンコールのときには、櫻子は拍手さえできず、ただ呆然と椅子に座るしかなかった。

劇場内が明るくなり、人々は笑いさざめきながら席を立つ。その中でも、櫻子はまだ放心状態だった。

「……櫻子？」

静馬に呼びかけられて、ハッと正気を取り戻す。ぐちゃぐちゃになった頭のまま、急いで言葉を紡いだ。

「あ、静馬さま。えっと、面白い舞台でしたね」

「泣いているのか」

「え？」

瞬いた拍子に、一筋の涙が頬を滑り落ちていくのがわかった。膝に置いた手の甲に、ぽとりとしずくが落ちる。訪問着が汚れてしまうわ、と櫻子は慌てて手巾《しゅきん》を取り出した。それで拭いている間にも、次から次へと涙が溢れて止まらない。櫻子は涙で濡れた自分の手を唖然として見つめた。静馬がこちらに視線を注いでいるのがわかって、必死に言い繕う。

「も、申し訳ございません。すぐに止めます」

「いや、気にするな」

静馬が自分のハンカチを取り出して櫻子の目元を拭う。その柔らかな感触に、櫻子の瞳には余計に涙が滲んだ。それを隠すように、普段からは考えられないほど饒舌《じょうぜつ》に言葉を続ける。

「主人公が死んでしまって、悲しい終わり方なのに……なんだかきれいで。それで、なぜだか胸がいっぱいになってしまったんです。私は恋もしたことがないのに、変です。登場人物の気持ちなんて、さっぱりわからなかったのに」

けれど、一途に愛する人を想う醜い男の在り方が、なんだかとても眩しく見えた。

舞台のスポットライトのせいだろうか？

「静馬さまには、醜い男の気持ちがおわかりでしたか？　どうして彼は、自分の想いを伝えないまま、恋文の代筆なんてしていたのでしょう」

櫻子の涙を拭く静馬の手が止まった。櫻子はハッとして唇を噛む。混乱のあまりにベラベラと余計なことを言った自覚はあった。

なんでもないです、と言いかけて、櫻子はびくりと肩をすくませる。

静馬がその大きな手のひらで、櫻子の両目を覆ったのだ。

「……なんとなく、わかる気がするよ」

暗闇の中、静馬の声だけが鼓膜を震わせる。視覚を閉ざされた分、いつもより、その声色や息遣いをはっきり聞き取れるような気がした。

静馬は熱を帯びた、けれどもどこか苦しげにざらついた声で言った。

「それくらい、女に恋していたんだろうね」

その言葉は櫻子の胸にすとんと落ちてきた。

「恋を……」

恋、とは。

櫻子にとっては異界の空に輝く星であって。

なんにも知らなかったから、わざわざ見上げようとも思わなかった。

けれど、それが空っぽの櫻子の心に突き刺さったように、取るに足りなくても何かを生み出すのであれば。

目の前の人に、つい聞いてみたくなってしまった。

「……静馬さまも、そんな恋をしたことがおありですか？」

静馬の指がこわばった。櫻子は涙をたっぷり吸った手巾をくしゃりと握り込む。……不躾《ぶしつけ》すぎた、かもしれない。

だが、櫻子の視界を奪っていた手のひらが優しく外される。周囲の眩しさに目をすがめたところで、静馬はそっと櫻子の頬を撫でた。

「……今から、するところだ」

櫻子に向かって柔らかに微笑むそのかんばせは、櫻子が今まで誰の顔にも見たことのない色をしていた。

嬉しそうな、苦しそうな、寂しそうな。

色々な感情が混ざっていて、辛そうなのに、でもきっと彼はそれを大切に抱えて手放さないのだろう、と思った。

櫻子は胸が苦しくなってしまって、何も言えない。

本当は、「どなたに恋をされているのですか」と聞きたかった。彼がこんな想いを抱く相手は誰だろう。静馬さまなら引く手数多《あまた》だわ、と勝手に考えた。

けれどいざ口を開こうとすると、声が詰まって何も言えない。

そばにいて、と乞われたから、そばにいると答えた。この関係は契約だとしても、静馬はこの上なく優しく真っ当に櫻子に向き合ってくれた。

無能の櫻子にとっては望外の幸運。だから、これ以上なんて望むべくもない。ただ彼のそばにいられれば、それだけでいい。

そのはず、なのに――。

櫻子は顔から血の気が引いていくのを感じた。

（私はわがままになっている？）

唇をきゅっと引き結び、自分を戒《いまし》める。

これ以上何を欲しがるというのか。静馬に親切にしてもらって、無能が役に立って、それで十分ではないか。

櫻子はもう、抱えきれないくらいたくさんのものを与えられている。それなのに、もっと寄越《よこ》せと口を開けるなんておぞましい。櫻子が静馬の手に乗せられるお返しなんてごくわずかなのに。

青ざめて何も答えられない櫻子に、静馬は音もなく身を引いた。

それから、すっかりいつも通りの口調で声をかけてくる。

「帰ろうか。あまり遅くなってもいけないからね」

「……はい。そうですね」

櫻子は慎ましく頷いた。それこそが櫻子に許された、ふさわしい行動だと思った。

歌劇場の出口へ向かう道すがら、櫻子は涙でぐしゃぐしゃになった顔を洗うため、化粧室へ立ち寄った。

化粧室の、金の縁《ふち》で飾られた鏡を覗き込む。思ったよりは化粧も崩れていなくて、櫻子は胸を撫で下ろした。

手提げから化粧道具をたぐり出し、化粧を直そうとする。そのとき、背後の扉がギィ、と開いた。

鏡越しに、入ってきた人影と目が合った。

途端、櫻子の背筋が凍りついた。その場で立ちすくみ、人影に視線が釘づけになる。

「――まあお姉さま、お久しぶりね」

鈴を振るような、楚々《そそ》とした声が辺りに響く。

紺青《こんじょう》のドレスに身を包んだ深雪が、そこに立っていた。

艶やかな黒髪を瑠璃の簪でまとめ、唇の紅も鮮やかな化粧を施している。

黒レースの手袋に包まれた指先で清楚に口元を押さえ、底意地悪げに目を細めた。

「その恰好はどうしましたの？　ずいぶん見違えましたわね」

「……みゆ、き」

　上顎に張りついた舌をなんとか動かす。櫻子の手から、化粧筆がからんと落ちた。深雪の足下までころころと床を転がっていく。

　深雪が屈み、筆を拾い上げた。

「仁王路家でだいぶ親切にされたのかしら。一瞬誰だかわからなかったわ。良かったわね」

　にこやかに言って筆を差し出す。櫻子はそれを受け取ろうと深雪の方へ一歩足を踏み出した。

「……あり、がとう、ござい、ます」

「褒めているのではないのよ」

　深雪の手が振り上げられる。とっさに頭を庇った櫻子の腕に、化粧筆が思い切り投げつけられた。

　化粧室の壁に甲高い笑い声が反響《はんきょう》する。深雪は櫻子を乱暴に壁に押しつけ、ニタリとした笑みを向けてきた。

「何か勘違いしているんじゃないかしら。お姉さまが仁王路伯爵家に嫁いだからといって、無能はどこまでいっても無能なのよ?」

　深雪の細い指が首に食い込む。喉が締まる。息ができなくなって必死にもがいた。

だがどこにこんな力が、と驚くほど深雪の力は強く、櫻子の意識は遠のいていく。

「まさか自分が愛されていると思っているのかしら？　忠告してあげるわ。お姉さまが誰かに愛されることなんて永遠にない。つまらない、なんの取り柄もない、愚図《ぐず》のお姉さまを大切にする人間なんかどこにもいないわ。馬鹿な願いはさっさと捨てることね」

深雪が顔を寄せてくる。真っ赤な紅が引かれた唇が、三日月の形に歪んだ。

「――仁王路静馬の特別になりたい、なんて」

櫻子は目を見開く。なぜ深雪がそれを、と思う間もなく、口から悲鳴がほとばしっていた。

「……ごめんなさい！　ごめんなさい！　ちゃんと上手にやれますから！　わきまえますから！　だから許してください！」

何度も何度も叫ぶ。深雪の笑い声はどんどん大きくなっていく。世界がぐるぐる回って、自分がどこにいるのかもわからなくなる。

喉が枯れて血の味がし始めたところで――目が覚めた。

（――夢……？）

櫻子は仁王路邸の自室の、柔らかなベッドの上に横たわっていた。激しく息を荒らげ、頬は涙で汚れている。眠っている間に噛んだのか、唇がぴりりと痛んだ。

櫻子はベッドの上で大きく深呼吸した。

昨夜、歌劇場にオペラを観に行った。だが、帰りは静馬とともにまっすぐに出口に向かい、化粧室には寄らなかった。もちろん、深雪にも出会わなかった。

だから、今見たのは単なる夢にすぎない。

だけれど、と櫻子は寝間着の胸元を握りしめた。寝間着も買い与えられたもので、純白の紗《しゃ》の生地が滑らかだった。

(夢の中で、深雪が言ったことは……きっと事実だわ)

櫻子自身、そう考えているから、夢に深雪という形で現れたのだろう。

肋骨《ろっこつ》の内側で、心臓が嫌なリズムで脈打っている。背筋に冷たいものが走った。

(それなら……私は、静馬さまの特別になりたい、の？)

心の中で思うことも恐ろしくって、櫻子は身震いした。

(私は無能の櫻子。仁王路櫻子になったからといって、私が特別な人間になったわけではないのよ。だから、静馬さまの……特別に、なりたいなんて)

思うわけがない、と必死に自分に言い聞かせた。

重たい頭を持ち上げ、レースの天蓋をめくって窓の外に顔を向ける。薄絹のカーテン越しに、夜明けが来ていることが見て取れた。朝の青い光が満ちている。

もう一度眠る気にはなれなかった。いつもより早いが、朝餉《あさげ》の支度をしようとベッドを滑り出た。

台所で、いつものように料理をしていると心が落ち着いてきた。

今日のメニューは焼きたてのパンと冷製スープだ。時間があるから、スープにはたっぷり野菜を入れて、くたくたになるまで煮込もう。

慣れた手つきで野菜を刻んでいると、背後で足音がした。

包丁をまな板に置いて振り返る。台所の入り口に、眠たげに目を瞬かせた静馬が立っていた。

「おはようございます、静馬さま。申し訳ありません、起こしてしまいましたでしょうか」

櫻子が言うのに、静馬は気だるげに首を振った。

「……いや、平気だ。たまたま早く目が覚めただけだから……」

その語尾は寝起きらしく掠れている。いつもきちんと身なりを整えている静馬らしくなく、髪は乱れていて、面差しも憂鬱そうだった。緩んだ寝衣の襟からは鎖骨が覗いていた。

もしかして、と櫻子は首をかしげる。彼は朝に弱いのだろうか。

静馬が台所の隅に置いてある椅子に腰かけた。紅緋《べにひ》の瞳は、常は相手を怯《ひる》ませるほど強い光を宿《やど》しているのに、今はどことなく焦点が合っていない。

その瞳がふいに櫻子に向けられて、櫻子はドキリとした。

「今朝は櫻子も早いな？」

「え、はい……。たまたま早く目が覚めまして……」

「なるほど、僕と同じか」

櫻子は神妙《しんみょう》に頷いた。怖い夢を見て眠れなくなりました、などとは口が裂けても言えない。しかも夢の内容が内容だ。問い詰められれば困るのは櫻子の方だ。

そこまで考えて、一つ思いいたる。裂けた唇に指先で触れた。

櫻子は悪夢を見た。ならば、彼女は眠っている間にうなされていたのではないか？

櫻子と静馬の寝室は二部屋隔たっている。だが、軍務に就いていて人の気配に聡《さと》い静馬なら、櫻子が声を上げればすぐに気づくだろう。

それで、櫻子の様子を見にきたのではないか。

静馬は腕を組んで椅子の背にもたれている。その視線は、ずっと櫻子の上で焦点を結んでいた。

櫻子は下を向いて、そわそわと指を組み合わせた。

「あの、珈琲《コーヒー》などお淹《い》れしましょうか？」

「うん、頼む」

「食堂の方にお持ちしますから、そちらでお待ちください」

「いや、ここにいる」

「え？」

櫻子はぱっと顔を上げた。静馬は欠伸《あくび》を噛み殺しながら、普段よりずっと甘やかな口調で言った。

「櫻子を見ていたいから。だめ、かな」

静馬は機嫌良さそうににこにこと微笑んでいた。それで櫻子は胸をつかれ、ぐっと押し黙る。組み合わせた指に力を込めた。

「だめ、ではございませんが……」

「ならここにいる。何か手伝おうか」

「め、めっそうもございません」

と承知したものの、そう言われると落ち着かないものだった。

白磁のカップに珈琲を注ぐのにも、彼に背を向けてスープを煮込むのにも、強い視線を感じる。櫻子は耐えきれなくなって、口を開いた。

「あの、私など見ていても、つまらないのではないですか……？」

「そうでもない、僕は楽しいよ。癒《いや》される」

「はあ……」

静馬が楽しんでいるなら何よりだが、癒されるとは。

櫻子は怪訝に思って小首をかしげた。静馬の手元の珈琲は半分ほどなくなっているが、まだ彼の表情は眠たげだ。もう少し寝ていた方がいいのではないか、と心配になる。

とうとう堪えきれないように目を閉じた静馬が問いかけてきた。

「櫻子は、この生活には慣れたか？」

「はい。それより静馬さま、まだ時間はありますから、もう一度お眠りになった方がよろしいのでは」

「嫌なことがあったら言うんだよ」

「そんな、私にはもったいないほど良くしていただいております。あの、ちゃんと時間になったら起こしに参りますよ？」

「……だが、櫻子は何か不安があっても言わないだろうな」

「そ」

そんなことはない、と言いかけて押し黙る。櫻子には言えないことがたくさんあったし、それを言えそうな心持ちでは全然ない。

静馬がうっそりと瞼を持ち上げた。綺麗に生え揃ったまつ毛の下で、輝石のような瞳がきらめく。自嘲《じちょう》するように唇の端を吊り上げて、静馬は言った。

「僕もさして良い夫にはなれないからな」

櫻子はスープをかき混ぜる手を止めた。まじまじと静馬を見つめる。静馬はカップの持ち手を握りしめ、眩しそうに櫻子を見上げていた。

櫻子は火を止め、足音を立てないように静馬に近寄る。その隣に膝をついて、カップを持つ手を手のひらで覆った。ずいぶん冷たい手だった。

「私にとっては、静馬さまは今でも十分良い夫です。それに、何があっても私はおそばにおりますよ」

彼とそう約束したから。櫻子はそれだけは守りたかった。

静馬の口元に、淡い笑みが漂った。

「では、仁王路の当主会議にも、妻として一緒に来てくれるだろうか……」

「はい、もちろん。……えっ？」

櫻子の目が点になる。

――当主会議、とはなんだ。

「当主会議というのは、半年に一回ほど仁王路本邸で二日間開かれる会合のことだ。仁王路の本家と分家の主だった者たちを集めて、情報交換をしたり、伯爵家としての旗幟《きし》を決定したりする。僕も参加しなくてはならない」

「それで、私も参加してご挨拶する必要があるのですね」

その日の夜のこと。異能力の発散のために櫻子は静馬の寝室を訪れていた。いつものように、丸テーブルを挟んで手をつなぎ合わせながら、櫻子は当主会議なるものについて尋ねたのだ。

静馬は気まずげに視線をそらす。朝のことは触れてほしくなさそうなので、櫻子は何も言わないことにした。静馬さまは朝に弱い、と頭にしっかりメモだけ残して。

「もし静馬さまがよろしければ、私もついて参りますが……」

静馬と結婚してから、彼の家族に一切挨拶をしていないことが気がかりだったのだ。静馬は自分から連絡しておくから構わない、と言っていたが、そういうわけにもいかないだろう。実態はどうあれ無能の娘と結婚したというのだから、心配しているに違いない。

静馬は軽くため息をついた。

「よろしくないわけがない。ぜひ来てくれ、と言いたいところだが……僕は正直迷っている」

「なぜですか？」

「仁王路家には僕のことをよく思わないものもいる。そういう輩《やから》が櫻子に危害を加えないか心配だ。当然、僕も全力で守るつもりでいるが」

「なるほど……」

それを聞いて、櫻子の心は決まった。迷いなく言い切る。

「それなら、私はなおさらついて参りたいです」

「……なぜ？」

静馬が低く問う。つなぎ合わせた手に強く力が込められた。それを受け止めるように、櫻子も握り返す。

「だって」

櫻子はまっすぐに静馬を見据えた。

「静馬さまをよく思わない相手のところに、静馬さまお一人で送り出すなんて、嫌です」

部屋を照らす洋燈が、ジジ、と音を立てて揺れる。静馬はわずかに目を見開き、しばらく何も答えなかった。ただ重ねた手のひらの温度がほのかに上がった。

それに、と櫻子は付け加える。

「静馬さまのご家族に、ご挨拶したい、です。私は無能ですからよく思われてはいないでしょうが……そのことで静馬さまがあれこれ言われるのは耐えられないのです」

「……そう、か」

静馬が振り絞るように言った。決意を秘めた表情だった。

「ならば僕のやることは一つだ。僕は櫻子を守るが、それでも何かあったら必ず僕に教えてくれ。すぐに対処する」

「私は、命に関わらない程度の嫌がらせなら構いませんが……」

「僕が構う」

ぐい、と手を引かれる。あっと思ったときには、すぐ近くに静馬の顔があった。その瞳に映る自分の顔が見えるほどに。

静馬が脅すように、大げさに低めた声音で言う。

「必ず、僕に、言うように」

櫻子は声も出せず、こくこくと頷いた。


当主会議が開かれることになったのは、それからしばらく経ち、夏の暑さがやわらいできた頃のことだった。

会議の招待状が屋敷に届けられ、櫻子は目を見張った。クリーム色の封筒に入った招待状には仁王路家の家紋の透かしが入っていて、流麗《りゅうれい》な筆致《ひっち》で《仁王路静馬様櫻子様》と宛名が書かれていた。

「私の名前も入っておりますね」

「挨拶に来い、ということだろうな……」

静馬は心配そうにしていたが、櫻子に譲《ゆず》るつもりがないことを悟ると、ただ黙って頷いてくれた。

――そうして会議当日。朝早く、静馬の運転する車でたどり着いた仁王路本邸は、櫻子が見た中で最も大きな邸宅だった。

赤煉瓦《れんが》の巨大な洋館と木造の平家《ひらや》の御殿《ごてん》が混在した和洋折衷《せっちゅう》の造りだ。木々の緑の鮮やかな庭の中央には大きな池があり、鯉《こい》が錦《にしき》の背中を見せて泳いでいた。そんな広大な屋敷をぐるりと生垣《いけがき》が取り囲んでいる。

玄関ポーチ前に車をつけると、すぐにお仕着せ姿の女中たちが現れた。歓迎の言葉を述べながら着替えの入った荷物や車のキーを取り上げ、会議の参加者が集まるという大広間へ静馬と櫻子を案内する。

女中の一人について大広間への長い廊下を歩きながら、櫻子は口元を引きしめた。

今日の櫻子は、裾に扇柄のあしらわれた色留袖《いろどめそで》を着ている。髪は椿油を使ってくしけずり、静馬に選んでもらった蘇芳のシルクリボンでお団子にまとめていた。おかしなところはない、はずだ。

静馬は濡羽《ぬれば》色の三揃いを隙なく着こなし、時折すれ違う女中の視線を集めている。

廊下の突き当たりに、重厚な樫《かし》の扉が現れた。案内の女中が「こちらに皆さま集まりでございます」と言いながら、取っ手に手をかけた。

ゆっくりと、こちらに向かって扉が開かれる。櫻子はごくりと唾を飲み込んだ。

扉の向こう、大広間の一番奥には、リノリウムの床から一段高くなった舞台が設られていた。左右の掃き出し窓からは庭が臨《のぞ》め、天井からはシャンデリアが吊り下げられている。

室内には軽食の皿が載った円卓がいくつも置かれていた。正装の男女が立ったまま、グラスや食べ物を片手に談笑している。立食形式のようだ。

静馬が足を踏み入れた途端、大広間には一瞬で沈黙が広がった。皆おしゃべりをやめて一斉に静馬に注目を向ける。ついでに背後の櫻子にも「なんだあの小娘は？」という視線が投げられる。

静馬はその中を悠々《ゆうゆう》と横切り、大広間の中央にいた男性に声をかけた。

「兄上、このたびはお招きいただきありがとうございます」

櫻子はその男性を見上げた。短く刈った髪に、筋骨隆々《きんこつりゅうりゅう》の体つきをした偉丈夫《いじょうふ》で、腰には櫻子の脚よりも長そうな大剣を提げている。

頭の中の華族名鑑をめくってみた。確か名前は仁王路一臣。仁王路本家の長男で、軍務局勤務。階級は大佐だった。静馬の両親は早くに隠棲《いんせい》していて、今日の当主会議にも参加しておらず、今は彼が仁王路家の当主だったはずだ。

眼光鋭い面立ちの一臣は、しかし静馬を見るや否や雰囲気をやわらげた。親しげに肩を叩き、朗《ほが》らかな笑い声を上げる。

「よく来てくれたな。待っていたぞ。して、そちらのお嬢さんが例の？」

弓で射るような視線が櫻子に向けられ、体をすくめそうになる。だが、静馬がそっと櫻子の肩を抱き寄せ、堂々と答えた。

「はい。彼女が僕の妻の櫻子です」

言いながら、息をひそめて様子を窺う周囲をぐるりと見渡す。その冷徹《れいてつ》な眼差しには有無を言わせぬ力があり、何人かは草むらに隠れる野兎のように顔を伏せた。

一臣が顎を撫でながら聞いた。

「ほう？　確か相良男爵家のご長女だとか。ほかにも色々と噂は聞く。――無能、とかな」

櫻子の肩に触れる静馬の手に、ますます強く力が込められた。

だが櫻子は、自分でも驚くことに、とても落ち着いていられた。それは隣に静馬がいるという安心感のせいかもしれないし、一臣の瞳の底には試すような色はあっても、悪意がなかったからかもしれない。

だから櫻子は真正面から一臣に向き合い、礼儀正しく一礼してみせた。

「相良男爵家から参りました無能の子、櫻子でございます。ご挨拶が遅れ申し訳ございません。不肖《ふしょう》の身ながら誠心誠意努めて参る所存ですので、どうぞよろしくお願い申し上げます」

練習した口上を述べる。

正確にいえば櫻子は無能ではなく、無を能う異能者らしいが、どちらでも櫻子にとっては変わりない。それに、その辺りを説明し始めると静馬の異能病のことまで明らかになる恐れがある。異能病のことは仁王路家でも限られた人間しか知らないとのことだったので、「無能」で通すことにしたのだった。櫻子は何よりも静馬の弱みになりたくなかった。

一臣が探るような視線を向ける。櫻子は一瞬も目をそらさず、それを受け止めることができた。

大広間に広がった静寂の中、二人はほとんど睨み合う。やがて、一臣がふっと肩の力を抜いた。

苦笑し、四囲を睥睨《へいげい》しながら、はっきりと告げる。

「試すような真似をしてすまない。この俺相手に一歩も引かない、立派なお嬢さんじゃないか。――大切にするように」

周囲への牽制《けんせい》とも取れる発言に、静馬は深く頷いた。

「――この上なく」

静馬の応えをもって大広間の空気が弛緩《しかん》し、またざわざわとした喧騒《けんそう》が戻る。櫻子はふらっとよろめいた。目が回る。周りからはまだ値踏みするような眼差しが向けられていて、気を抜いている場合ではないとわかっている。けれど、少なくとも品評《ひんぴょう》に値《あたい》する土台には乗ったのだ、と胸を撫で下ろした。

その場にへたり込みそうになった櫻子の腰を、静馬がさりげなく引き寄せる。思わず静馬にしがみつくようにしていると、一臣がニヤリと笑った。

「どんなものかと思ったが、上手くやっているようじゃないか？　わざわざ俺が言うまでもなかったな」

櫻子は顔を赤くし、ぱっと静馬から手を離した。だが静馬は眉を寄せ、あらためて櫻子の腰をがっちり抱き込む。

そのまま素知らぬ顔で、

「まあそうですね」

平然と言うので、櫻子はもう真っ赤になっておもてを上げられなくなった。一臣が腹を抱えて大笑いしている。

「……し、静馬さま。これはやりすぎではないかと」

「そうでもない。先ほどの兄上の発言で、表向き櫻子に害をなす輩はいなくなっただろうが、見せつけておいて損はない。櫻子に危害を加えれば、僕が黙っていない、とね」

「そ、それでも……」

「櫻子さん、静馬の言うことにも一理ある。好きなようにさせてやりなさい」

一臣にも援護射撃され、櫻子はぐうと黙った。

「で、では、その通りにいたします……」

その後しばらく、櫻子は静馬にぴったり寄り添って色々な相手と挨拶を交わした。皆、腹の底では何を考えているか知らないが、表向きは和やかに進んで櫻子はほっとしていた。

やがて主要議題の検討会議の時間となり、櫻子は静馬と別れることになった。名残《なごり》惜しそうな静馬を大会議室に送り出す。

離れる直前、静馬が小声で話しかけてきた。

「櫻子、繰り返しになるが……」

「何かあったら必ず静馬さまにお伝えしますから、ご安心ください」

力強く頷き返すと、静馬は曖昧な微笑みを浮かべて黙った。人差し指の背で櫻子の頬をすっとなぞり、

「君を信じるよ」

「ええ、お任せください」

指の触れたところがかすかに熱くなるのを感じながら、櫻子は請け負った。

会議が始まると、大広間は閑散《かんさん》としてしまった。女中たちがしずしずとやって来て、食事を片づけ始める。櫻子は邪魔にならないように廊下に出た。手伝えれば気が楽だったが、それが正しい振る舞いではないことはよくわかっていた。

(……どうしよう)

部屋を案内してもらって、荷解きでもしようかと思いつく。会議は二日間開催されるので、櫻子は静馬と本邸に泊まる手筈になっていた。部屋を整えておけば静馬もすぐに休めるしいいだろう、と両手の拳を握りしめた。

そこへ、背後から声をかけられた。

「櫻子さん、よかったらこちらへ来てお話ししない?」

弾かれたように振り返る。肌がピリピリと粟立《あわだ》った。それは間違いなく悪意が底に流れる誘いだった。

櫻子の後ろに、洋装の少女が三人並んでいた。真ん中に立つ、一際《ひときわ》気の強そうな少女がにこやかに笑う。杏色の格子柄のワンピースという出立ちで、首を傾けると背中を覆う髪がさらりと流れた。

「わたくし、仁王路分家の薗田花蓮《そのだかれん》と言うの。櫻子さんとはぜひともお話ししたいと思っていたのよ」

その可憐な声の、猫を撫でるような響きには覚えがある。今からいたぶる獲物を前にしたときの舌舐めずりだ。

「ねえ、良いでしょ？　向こうのお部屋に美味しいお茶を用意したのよ。きっと男爵家じゃ飲めないようなお茶よ」

来たわね、と櫻子は眦《まなじり》を決した。部屋に入った途端後ろから殴られて、目が覚めたときには縄で縛られて部屋に閉じ込められているのかしら、それともお茶と称《しょう》して得体の知れない魚の生き血でも飲まされるのかしら、と身構えた。

しかし、断るという選択肢はなかった。せっかく誘ったのに礼儀がなっていないとか、男爵家のくせに調子に乗っているなどと言われて結局茶会に連れ込まれるのは目に見えているからだ。それなら最初から素直に頷いておいた方が被害が少なく済む。

櫻子はぎこちなく微笑んだ。

「……はい。よろしければ、ぜひ」

少女たちがくすくす笑う。意地悪げに彼女らが視線を交わすのを、櫻子はじっと見つめていた。

櫻子が連れていかれたのは、洋館の二階にある日当たりのいい部屋だった。

窓際の丸テーブルに、茶菓子の載ったスタンドと白磁のティーセットが置かれている。半分ほど開いた窓から、気持ちの良い風が吹き込んできた。

「さあどうぞ」

花蓮に示されて、櫻子は椅子に座った。花蓮たちも各々《おのおの》腰かける。女中が入ってきてティーカップに紅茶を注いだ。フルーティーな甘い香りが辺りに漂い、鼻先をくすぐる。

少女たちがカップに口をつけたのを確認して、櫻子も一口飲んだ。ちょっと目を丸くする。爽《さわ》やかな渋みが口に広がって、確かに美味しいお茶だった。てっきり泥水でも飲まされるかと思ったのに。

カップを置いた花蓮が口火を切った。

「櫻子さん。はっきり言うのだけれど、あなたどうやって静馬さまに取り入ったのかしら」

「はあ……」

櫻子もカップを手元のソーサーに戻す。カチンと小さく音が鳴った。

花蓮がテーブルに身を乗り出した。

「あのね、静馬さまといえば昔からあんなにお綺麗で、しかも異能もお強くて軍務局では出世街道をまっしぐらでしょう。何より仁王路本家の血筋ということで、そりゃもう分家はみんな静馬さまを狙っていたのよ？　ちょっと近寄り難くて怖いけれど、そこもまた謎めいていて素敵だし」

花蓮の口舌《こうぜつ》に、ほかの二人の少女もうんうんと頷く。窓から入ってきた風が、レースのカーテンを揺らした。

「わたくしだってその一人。ずうっと恋していたの。でも静馬さまは誰にも見向きもしなかったわ。悔しいけれどわたくしよりも美しい方や、異能の強い方が何人も候補に上がったのに。……それなのに！」

花蓮が櫻子に指を突きつける。

「どうしてあなたみたいななんの取り柄《え》もない地味な女が選ばれるのよ！　しかも――無能ですって!?　全っ然、ふさわしくないわ！　静馬さまの隣にはもっと完璧な人じゃないと許せない！」

櫻子は口を閉ざしたまま、突きつけられた指先を見つめていた。桜貝みたいな、綺麗に整えられた爪だった。

櫻子と静馬の結婚のからくりは、まさにその「無能」にこそあるのだが、そんなことを懇切《こんせつ》丁寧に説明する気にはなれなかった。

胸の奥に、何か焦げつくようなひりつきがあって、櫻子は訪問着の胸元に手をやった。櫻子は、花蓮を恐ろしいだなんてちっとも思っていない。それなのに、今すぐにでも椅子を蹴立ててこの場を立ち去りたくてしょうがなかった。

心臓がドクドク脈打って、頭の血管に血を送っているのがわかる。

それでようやく、櫻子はどうやら自分が怒っているらしいことに気がついた。

花蓮の物言いの何もかもが不愉快だった。

静馬の外面だけを見ているようなのも、恋しているとか言いながら、同じ口で近寄り難くて怖いなどとのたまうのも。

静馬が恵まれた地位や力を持っているのも、近寄り難い雰囲気をまとっているのも、確かに事実だ。でもそれだけではないわ、と櫻子は思う。

それは夜明けの空をちょきんと切り取って、その一瞬だけを壁に飾って、いっとう美しいと褒めそやすようなものではないか。ずっと見ていれば、薄闇に包まれた空の端が白んで不思議な紫色に染まり、黄金色の太陽が顔を出すのに。

落ち着いて、と櫻子はカップを持ち上げた。ぬるくなった紅茶とともに、ふつふつと湧いてきた怒りを喉に流し込む。

それから、なるべく穏やかに押さえた声で問いかけた。

「……花蓮さまが何をお求めなのか理解しかねます。見目麗しく、強力な異能を持っていて、血筋の良い殿方を持ちたいということであれば、ほかにもそういう方はたくさんいらっしゃるのではないですか。それこそ、仁王路家当主の一臣さまでもよろしいのでは」

華族名鑑では、一臣には妻がいなかったはずだ。けれど、花蓮はあっさりと首を横に振った。

「あ、だめなのよ。一臣さまには春菜《はるな》さまという、それはお似合いの奥様がいらっしゃったから」

「……いらっしゃった？」

「そう。許嫁でね。名門の香椎《かしい》伯爵家のご令嬢よ。一臣さまとはとっても仲睦《なかむつ》まじくって、文句のつけようもないご夫婦だったわ。あなたと違ってね」

「……死別されたのですか？」

　自分への当てこすりは無視して、櫻子は聞く。ずっと過去形なのが気になった。死別にしても、名鑑にはそう書かれていそうなものなのに。

　花蓮はつまらなさそうに鼻を鳴らすと、「みんな知ってることだから教えるけど」と声をひそめた。

「春菜さま、出入りの庭師と駆け落ちしたらしいのよ。一臣さまが軍務で家を開けている最中にね。これは香椎家にとっても醜聞《しゅうぶん》だから、色々手を回して春菜さまの存在を消したというわけ。だから、一臣さまの前で余計なこと言わない方がいいわよ」

「……文句のつけようもないご夫婦だったのに、駆け落ちされたんですか？」

「ま、夫婦だもの。外から見ただけじゃわからないことが色々あるんでしょ」

　さばさばと肩をすくめ、「それに」とほかの二人の少女と顔を見合わせる。

「静馬さまの方が断然恰好いいもの。あんな素敵な人、ほかにはいないわ」

きゃっきゃとはしゃぐ花蓮に、櫻子は呟いた。

「それなら、外から見ただけのあなたには、私と静馬さまのこともわからないはず……」

途端、花蓮の眉が吊り上がる。しまった、と櫻子は唇を押さえた。口が滑るなど、自分は冷静ではないらしい。

花蓮の尖った声が櫻子を問い詰める。

「あなた、何様のつもり？」

櫻子は唾を飲み込んだ。膝の上で拳を握りしめ、花蓮を見据える。言った言葉は取り消せない。それに、ここで謝るのは違う気がした。

「私は」

言いかけたところで声が掠れた。咳払いして続ける。

「ずっと怒っています。静馬さまはあなたを飾るための宝石じゃない。とても優しいお方です。それなのに、あれこれ好き勝手なことを言われたくありません」

「何よ、わたくしが間違っているというの？」

「あなたの間違いなんて知りません。でも、あなたがずっと静馬さまの表面だけを見ているのは事実でしょう」

「はあ……!?」

花蓮が顔を朱に染めて立ち上がった。残りの二人も追従《ついじゅう》するように席を立つ。けれど櫻子は座ったまま、三人を見上げていた。もうどうにでもなれ、という気持ちだった。

花蓮はわなわな震え、何か文句を言おうと大きく口を開けた。だが、お供の少女たちの不安そうな眼差しに冷静さを取り戻したらしい。深呼吸して、令嬢らしく皮肉げに笑うにとどめた。

「ふん。こんな生意気な女が妻だなんて、静馬さまもお可哀想。ちょっと毛色が違うから気まぐれに手を出しただけじゃないの。どうせすぐに飽きるわ。そうしたら、わたくし妾として寵愛《ちょうあい》を受けようかしら」

「妾、ですか……」

櫻子は低く独りごちた。華族の男性が、正妻以外に妾を持つことは珍しくない。父の庄太郎も妾を囲っている時期があったし、母の紅葉はそれに対して何も言わなかった。華族の娘として生まれたからには、それは当然甘んじて受けなければならない常識だった。もちろん、そうではない夫婦もあるだろうが。

だから櫻子だって、そういうことはあり得ますね、と微笑まなくてはならない。

けれど、だめだった。

なぜか頬がこわばって、上手く動かすことができない。じわ、と冷たい汗が額に浮かぶ。凍りついた櫻子の表情に勝機を見出したのか、花蓮は嵩《かさ》にかかって言い募った。

「うふふ、下手物《げてもの》って、目新しくて珍しいけれど、ただそれだけよね？　一瞬だけ面白がられてそれでおしまい。長くそばにいるには慣れたものの方が良いに決まっているわ。その点、わたくしは仁王路分家の娘だもの。どう振る舞えば『普通に』殿方に愛されるか、よく知っているの。あなたはご存じ？　相良男爵家の無能令嬢さん」

櫻子は息苦しくなって、その場におもてを伏せた。すっかり冷え切った紅茶に、青ざめた櫻子の顔が映っている。ひどい表情だ。愛らしさからはほど遠い。

何か言わなくては、と考えても頭は空回りするばかり。引きつった唇からは呻き声一つ出てこない。きゃはきゃはと花蓮たちが笑い転げる。それは調子の外れた音楽のように、櫻子の耳を叩いた。

花蓮が櫻子の方へ腕を伸ばしたとき。

「――あら、ずいぶん面白いお話をしているのね」

艶やかな声が部屋に響いて、櫻子はぱっと顔を上げた。

部屋の入り口に、上品な流水文様の単衣《ひとえ》をまとった、艶麗《えんれい》な女性が立っていた。緩くうねった髪を耳の下で結わえ、肩からは羅織《らおり》のショールをかけている。

彼女は黒目がちの濡れたような瞳でひたと花蓮を見据え、

「ねえ、薗田家の花蓮さん。私も混ぜてくれるかしら。私の弟がなんと？」

花蓮の喉がヒュッと鳴った。カタカタと足を震わせながら、壊れた人形のように頭を垂れる。

「ち、千鶴《ちづる》さま……！　いえ、わたくしはただ……っ」

「ええ。『ただ』、何かしら」

女性は微笑んでいるだけなのに、彼女が発する言葉には言い表せない重みがあった。

櫻子は戸惑いながら、女性と花蓮を見比べる。

女性は静馬のことを「私の弟」と呼び、花蓮は女性を「千鶴さま」と呼んだ。名鑑と照らし合わせれば答えは一つ。

彼女の名前は仁王路千鶴。仁王路本家の長女にして静馬の実姉《じっし》だ。

間違いなく、仁王路に連なる女性の中では最高権力者。そんな彼女を相手にすれば、花蓮は反撃に爪で引っかくこともできないだろう。

みるみるうちに、花蓮の顔が紙のように白くなっていく。

櫻子が呆然と見守っていると、花蓮は泡を食って逃げ出した。

「あの、あのっ、し、失礼いたしますっ！」

そう叫びながら、入り口に立つ千鶴の横をすり抜けていく。ほかの二人も「失礼しましたぁ！」と口々に言いながら走り去っていった。

少女たちの足音が、ばたばたと廊下の向こうへ遠ざかっていく。それが聞こえなくなったところで、千鶴がため息をついた。

「……まったく、躾のなっていない仔犬だこと。そう思わない？」

「……こ、こいぬ」

櫻子はぽかんと復唱する。彼女にとっては、花蓮たちなどはころころじゃれつく仔犬同然らしい。

それから、ハッと正気を取り戻し、慌てて椅子から立ち上がった。

「わ、私、静馬さまと結婚いたしました、櫻子と申します。ご挨拶もできず申し訳ございません」

「ああいいのよ。私は大広間にいなかったから、お会いするタイミングがなかったものね。それに、そもそもは静馬があれこれ理由をつけて挨拶をさせなかったのだし」

細い腕をひらりと振って、千鶴は言った。ショールが優雅にひるがえり、遅れてもとに戻る。千鶴は紅い唇に淡く笑みをのせた。

「さっきのやりとりで察しているかもしれないけれど、私は仁王路千鶴。静馬の姉よ。よろしくね」

「よ、よろしくお願い申し上げます」

櫻子はぺこりと頭を下げた。千鶴は櫻子には敵対する様子がないようだ。

だが、彼女がここに現れた理由がよくわからない。櫻子に救いの手を伸べるようなタイミングだったが、顔を合わせたこともない櫻子を助ける義理などないはずだ。

とはいえ、助かったのは事実だ。お礼を言いたい。

「あの、千鶴さま」

「さん、でいいわよ。私も櫻子ちゃん、と呼ぶし」

「え？　え？」

「それで櫻子ちゃん、何かしら」

すっかり千鶴の手のひらの上に乗せられているが、櫻子に抗《あらが》う術《すべ》もない。櫻子はつっかえつっかえ、

「ち、千鶴さん。割って入っていただいて、ありがとうございました。とても助かりました」

「いいのよ、私の都合だし」

「都合？」

首をかしげた櫻子に、千鶴は「そう、私のわがまま」と言うと、櫻子の方へずいと身を寄せてきた。そのままがっしり櫻子の両手を掴み、櫻子の顔を覗き込むように首を傾けた。くるりと波打つ髪の一房《ひとふさ》が、白い頬にこぼれ落ちる。

「私、櫻子ちゃんとお話ししてみたかったのよ。でも薗田のご令嬢の方が先に声をか

けたから譲ったの。それなのにくだらないこと言ってるから、返してもらおうと思って」

射干玉《ぬばたま》の瞳が、間近で蠱惑《こわく》的に細められる。櫻子の方が背が高いので、彼女は少し背伸びしている。櫻子はなぜかどぎまぎしながら聞いた。

「お話、とは？」

千鶴の唇が笑みに吊り上がる。甘い吐息が櫻子の顎にかかった。

「……こんなところでは話したくないわ。私の部屋へ行きましょう」


千鶴の自室は、広々とした和室だった。

開かれた障子《しょうじ》からは眩しい日差しが差し込み、床の間に飾られた一輪の木槿《むくげ》が、白い花びらを開いている。部屋の中は綺麗に片づいていて、座卓が置かれているほかは、壁際に布のかけられた姿見があるくらいだった。

櫻子と千鶴は、座卓を挟んで相対していた。千鶴がガラスの水差しから、氷の入ったグラスに冷たい玉露《ぎょくろ》を注ぐ。グラスの外側にはすぐにびっしりと水滴が浮かんだ。

「……それで、私に何か御用でしたでしょうか」

櫻子は慎重に口を開いた。グラスの中で、氷が溶けて涼しい音を立てた。

底意《そこい》の知れない笑みを浮かべた千鶴は、優雅な手つきでグラスを持ち上げ、

「あの静馬が一目惚れしたという花嫁の顔を見ておきたくて。とってもロマンチックよね？　もちろん、そんなわけないことはわかっているけれど」

櫻子はぽかんと口を開けた。そういえば、そんな設定だった。

（静馬さま、やはり、その嘘は無理がありすぎますよ……！）

しかし、本当の事情を隠すためにはそれくらい荒唐無稽《こうとうむけい》なでたらめの方がいいのかもしれない。あまりにも胡散《うさん》くさすぎて毒気を抜かれる。

「きっと異能病に関わることでしょう。それくらいでなければわざわざ結婚するわけないものね」

千鶴の言葉に、櫻子はそうかと内心呟いた。彼女は静馬の異能病のことを知っているのだ。

一体これから何を言われるのかと身構えていると、千鶴が障子の向こうに見える庭に顔を向けた。吹き込む風が彼女の前髪を揺らし、表情を隠す。ぽつり、と言葉が落とされた。

「別に、深く追及しようというわけではないの。誰の生き方も、誰かが決めることはできないのよ」

その響きは祈りに似ていて。櫻子はなんとなく、彼女はそうではなかったのか、と思った。

櫻子はどうだろう。櫻子の人生は、いつも家族に決められていた。蔑みと暴力と悪意によって。けれど、それはそれで楽だった、かもしれないと今になっては思う。自分の生き方を自分で決めるだなんて、とても難しい。静馬と結婚してからは、自分の気持ち一つままならないのに。

千鶴がふいにこちらを向く。星の散るように目が合った。

「静馬はね、小さな頃から一人でなんでもできたのよ」

なんでも、と千鶴は繰り返す。

「とっても強い異能を持って、あんなに綺麗な顔をして、頭も良いし、できないことはなかったわ。……一人で異能病に耐えることも、ね」

千鶴は昔を思い出すように、すっと目を細めた。

「あの子は体調を崩しても、泣き言一つ言わなかった。誰もそれをおかしいとは思わなかった。私もそうだったわ。静馬は特別なんだから、当たり前だって思っていたの。きっと、本人でさえそう信じていたわ」

千鶴の手元のグラスの中で、氷がどんどん形を崩していく。夏の盛りを過ぎたとはいえ、昼間はまだ暑い。櫻子の首筋に汗が浮いた。

千鶴は穏やかに話を続ける。

「私は、早くに家を出たの。御門の後宮に入ったのよ。どんな場所かご存じ？」

櫻子は首を縦に振った。御門は至間國で最も尊い貴人だ。なんと彼《か》の人は、女からは生まれないのだという。後宮の、誰も立ち入れない秘密の部屋には光る竹が生えていて、それを斬ると赤子の姿の御門がちょこんと座っているのだそうだ。もしくは、川から流れてきた桃の中に入っているのだったかもしれない。

とにかく乏しい櫻子の知識によると、何やら一風変わった方法でこの世で生まれ落ちる御門を世話する場所――それが後宮だ。

だからそこで、千鶴がどんな目に遭って、何を見て、何を思ったのか、本当は想像もつかない。

話し続ける千鶴の顔が、苦しげに歪む。

「後宮で色々あって、私は体を壊してしまって。暇を出されたわ。それでこの屋敷に帰ってきたの。……びっくりしちゃった。がらんとしていて、なんにもなくて」

ここへ来てから目にしたものを思い返しながら、櫻子は言ってみる。

「私には、とても豪華なお屋敷に見えます。なんでも揃っていて、使用人もたくさんいて」

櫻子の言葉を聞いて、千鶴は哀しそうに微笑んだ。

「ええ、そうね。でもそうじゃないの。ここは少し寂しい場所だわ。静馬が家を出たというのも、なんとなくわかってしまった。本邸で大勢の使用人にかしずかれていたって、別邸で一人で暮らしていたって、きっと変わりないことなのね」

千鶴の目が伏せられる。色こそ違えど、その長いまつ毛が綺麗に生え揃っているのは、静馬さまに似ているわ、と櫻子は感心していた。彼女は確かに静馬と血のつながった家族なのだ。

「でも、そんなあの子が結婚したって言うから、どんな女性が相手なんだろう、って気になってしまって。――そうしたら」

千鶴はそこで、初めて笑い声を上げた。

「すごく口喧嘩の下手くそな子が、一生懸命怒っていて、おかしくなっちゃった」

「私……ですか？」

櫻子は思わず自分を指差した。そこまで笑うほど下手な喧嘩だっただろうか。誰かに何か言い返すなんてほとんど初めてのことだったから、無我夢中でよく覚えていない。

くっくっ、と千鶴は口元を手で押さえて肩を震わせている。目尻には涙が浮かんでいた。

「余計なことを言って相手を怒らせておいて、馬鹿馬鹿しい反撃をされたら青くなって固まっちゃって。よ、弱すぎるわ。櫻子ちゃん、後宮なら三日も保たないわね」

「そ、そんなに……？　私は修業などした方がよいでしょうか……」

櫻子は衝撃を受けた。自分には口喧嘩の才能がないのかもしれない。それに、後宮というのは口喧嘩の強さで生存率が変わるのか。なんと恐ろしい場所だ。

千鶴の笑い声がますます大きくなる。

「気にしなくていいのよ。そんなものは静馬にやらせておけばいいのだから」

「静馬さまはお上手なのですか？」

「だてに『仁王路静馬』をやっていないのよ、あの男は。櫻子ちゃんも気をつけなさいね。いじめられたら言いなさいな。私が守ってあげる」

千鶴がからかうように片目を瞑ってみせる。櫻子はあわあわと両手を振った。

「そ、そんなことはありません。静馬さまはいつもお優しいですし、気遣ってくださいますし……」

「あら、余計なお世話だったかしら」

千鶴が座卓に頬杖をついて、櫻子を見上げる。でもね、と言葉を継いだ。

「薗田のご令嬢と話したでしょう。静馬の周りは昔からずっとあんな感じなのよ。――だから」

千鶴の唇が、温かく弧を描いた。

「あの子の一目惚れっていうのも、あながち間違いじゃないのかもって」

櫻子の瞳が丸く見開かれる。頬にはさっと赤みが差した。それを見て、千鶴が上品に口元を手で覆う。

「あら、これはあの子も脈ありなのかしら」

「い、いえ。これは、その、暑いので……」

櫻子は言って、グラスを手に掴んだ。そのまま冷たい玉露をごくんと飲む。ひんやりした感触が喉から胃まで滑り落ちていって、落ち着ける気がした。

千鶴は眦を下げて、くすくすと笑っている。

「私、てっきり静馬は櫻子ちゃんに袖にされているものかと思っていたわ」

「わ、私が静馬さまを袖に!? 逆ならまだしも、そんなことはあり得ません」

「そうかしら。私には、その『逆』の方がよっぽどあり得ないように聞こえたけれど」

「……というと?」

「静馬があんなに過保護に心配していたのに、櫻子ちゃんったらまるで気にしていないんだもの。何かあったら静馬に伝えるとは言っていたけど、それもどこまで信じられるかしらね」

櫻子はぎょっとして、危うくそばのグラスを倒してしまうところだった。

「ど、どうしてそれをご存じなんですか……？」

櫻子の問いに、千鶴は耳に手をやった。白い耳たぶの上で、小さな水晶の耳飾りが輝いていた。

「私、耳が良いのよ。この屋敷くらいの広さなら、端から端まで音を聞き取れるわ。後宮ではずいぶん役に立ったものよ。もちろん、普段はあえて聞かないようにしているけれどね」

それが千鶴の異能なのだろう。櫻子は目を大きく開いて、千鶴の耳を見つめた。見た目にはどこも人と変わらない。彼女が今何を聞いているのか、櫻子にはわからない。

そういえば、千鶴が現れたタイミングはあまりにも出来すぎていた。外で様子を窺っていたのかとも思ったが、それはあまりに間抜けな絵面すぎる。

答えは単純で、彼女は全てを聞いていたのだろう。

千鶴が耳飾りを指先で弾いた。櫻子の意識が、ハッと現在に引き戻される。

ねえ、と千鶴が聞いた。

「たとえば櫻子ちゃんは、今日あったこと、静馬にどこまで話すのかしら」

「えぇっと……千鶴さんとお会いしたことをお話しします」

「薗田花蓮と話したことは？」

「えっ？　話しません」

「そういうところよ」

櫻子は虚《きょ》を衝《つ》かれて押し黙った。どういうことだろう。櫻子にとっては自然な答えだったので、千鶴が眉をひそめている理由がわからない。

花蓮の話していたことを思い出すと、今でも胸が暗くなる。自分の表面だけを好き勝手に取りざたされる話なんて、静馬は聞いたら嫌な思いをするだろう。わざわざ櫻子が話すことはない。

それに、妾の話なんて――。

「櫻子ちゃんは、人の痛みを知っているのね」

千鶴が言う。

「でも、自分の痛みは知らないみたい。ねえ、これだけは覚えていて。あなたが傷つくと、静馬は悲しむわ」

「そう、なのでしょうか……？」

「絶対そうよ」

千鶴が謎の自信でもって強く諾《うべな》う。櫻子にはとてもそうは思えなかったが、千鶴は静馬の実の姉なのだ、と考え直した。きっと櫻子よりもよほど確かに静馬の考えを見透かしているのかもしれない。

それと、と千鶴が軽い口調で付け足す。

「あと単純に、あの子、拗《す》ねるわよ」

「拗ねる……？」

静馬のそんな様子は想像がつかない。櫻子がぽかんと口を開けているのに、千鶴が和やかに笑っていた。

――櫻子は、自分に価値があるなどとは微塵も思っていない。

だからどれだけ悪態《あくたい》をつかれても、罵倒《ばとう》されても、もはや心が揺らぐことはなかった。それは空が青い、とか、鴉《からす》が黒い、とかいうのと同じだ。相良櫻子は、無能で、愚図で、役立たず。仰る通りでございます。

何の取り柄もない地味な女、と花蓮に評されても何とも思わなかった。それはそうだわ、と納得さえしてしまったのだ。

櫻子が傷つくことなんて、もうない。

でも、もしも――それで静馬が悲しむというのなら。

それこそが櫻子をほんの少しだけ、傷つけるのかもしれなかった。

（静馬さまにお話しすることを、もっと考えてみようかしら……）

櫻子は卓上に重ねた手に目を落とした。ずいぶんと血色の良くなった指先に、庭から射し込む光がきらめいていた。

その後、千鶴が「少し疲れたから休むわ」と言ったので、櫻子は彼女の部屋を辞した。千鶴の顔色が少し悪かったので心配したが、千鶴は笑って首を振った。体を壊してから疲れやすく、休めば調子が戻るという。それなら、櫻子がそばにいる方が気疲れしてしまうだろう。

櫻子は邸内にいる気にもなれず、庭にさまよい出た。

庭の植木はのびのびと枝を伸ばし、深緑色の葉が日差しを受けている。その下をそぞろ歩きながら、櫻子はぼんやりと考えていた。

花蓮の言ったこと、千鶴に言われたこと、そして——自分の気持ちを。

目の前を、揚羽蝶《あげはちょう》がひらひらと行き過ぎていく。翅《はね》の黄地に黒の繊細な模様が美しい。

その軌跡《きせき》をつい目で追っていると、突然近くの茂みがガサリとうごめいて、櫻子はびくっと肩を震わせた。

「……ど、どなたかいるのですか？」

茂みは一度動いたきりで、あとは素知らぬ顔をしている。風が吹いて、ざあっと葉が擦《す》れた。

勘違いだったのかしら、と櫻子は眉を寄せた。けれどなんだか気になって、茂みの裏を覗き込む。

「……わあ」

櫻子の口から、間抜けな声が転がり出る。

そこには、小さな男の子が座り込んでいた。闇色の髪に射干玉の瞳、それとは相反する、真っ白な見慣れない衣装を着ている。上衣《じょうい》にはずいぶん袂《たもと》の長い大袖《おおそで》をまとい、腰のところでは、これまた長い平組《ひらぐみ》の帯で袴を締めている。帯からは、翡翠《ひすい》でできた管玉《くだたま》がじゃらじゃらと垂れ下がっていた。

櫻子が声を上げたのは、その真っ白な服が、土や葉っぱですっかり汚れていたからだ。庭で隠れんぼでもしていたかのようだ。

男の子は賢そうな顔つきで、でも今はなんだかむくれたように頬を膨らませていた。

櫻子はおそるおそる、声をかける。

「……あの、ぼく？　ここで何をしているのですか？」

男の子がちら、と櫻子に目をやる。櫻子も無言で見つめ返す。

二人の間を、頭上の枝から一枚の葉が落ちていった。それは空中でくるくると回ると、男の子の頭の上に着地する。櫻子は思わず、ふふと笑んだ。男の子は驚いたように身を引いたが、やがて頬を萎《しぼ》ませ、ぶっきらぼうに言い放った。

「……母上を探していたのだ」

「お母さまを？」

迷子かしら、と櫻子は考える。このお屋敷は広い。子供ならば、迷ってしまっても無理はない。

「お母さまはどなたですか？　一緒に探しましょう」

櫻子の言葉を聞いて、男の子は疑わしげに瞳を細めた。その視線の強さに櫻子はたじろいでしまう。確かに、櫻子はここに詳しくない。けれど誰かに尋ねればなんとかなるだろう。

男の子は不審そうな顔つきを崩さないまま問うた。

「貴様は誰だ？　本当に余《よ》を母上のもとに送り届けるのか？」

（……余？）

不思議な一人称だわ、と内心首をひねる。最近流行っているのかもしれない。櫻子は世情に疎《うと》い。尊大な口調とあいまって、貴《とうと》い御方を相手にしているようだ。

だが男の子の質問はもっともだ。櫻子はもう何度も繰り返して、すらすらと口をつくようになった挨拶を繰り出した。

「仁王路静馬の妻の櫻子でございます」

怪訝そうにひそめられていた男の子の眉が、ぴくりと動いた。

「……静馬の？　そういえば、彼奴《きゃつ》、結婚したとか言っていたな。ほう、貴様が。へえ」

興味深げにまじまじと見つめられて、櫻子は無意味に両手をこすり合わせた。男の子の瞳は底知れない井戸の穴のようで、前にすると落ち着かない。

しかし、彼奴呼ばわりとは男の子は静馬と親しいのだろうか。ここにいるということは仁王路家の一員だろうが、それだけではない関係の深さを感じさせる口調だった。

男の子は何事か納得したように頷くと、端的に告げる。

「……余の母の名は、千鶴という」

「あ、ああ。そのお方なら存じております。私にもお連れできます」

櫻子は声を明るくした。思いがけない偶然だった。千鶴なら先ほど別れたばかりだから、彼女の部屋までの道順も覚えている。

とはいえ、と眉根を寄せる。

「千鶴さん、具合が悪そうでしたから押しかけてよいでしょうか……」

「母上はどこか悪いのか⁉」

男の子ががばっと身を乗り出す。櫻子は自分の迂闊《うかつ》さにほぞを噛んだ。親が体調を崩していれば、子供はきっと不安になるだろう。無神経な発言だった。

男の子は大きな黒瞳《こくとう》を潤ませ、きゅっと唇を噛んでいる。そうしていると、ただの寄る辺《べ》ない子供のように見えて、櫻子は男の子のそばにしゃがみ込んで視線の高さを合わせた。少しでも不安を取り除いてあげたかった。

「私にも、正確なことはわからないのですが。でも、少し休めば良くなると仰っていました。深刻なご病気、というわけではなさそうでしたよ」

「……母上はいつもそうなのだ」

男の子が膝を抱えて丸くなった。拗ねた調子で続ける。

「調子が悪くても、余にはそれを隠すのだ。元気そうに振る舞って、あとで寝込んでいる。それがわからない余ではないのに！」

男の子の言うことはまざまざと想像できた。千鶴は確かに、自分の息子に弱っている姿を見せなそうだ。母親とはそういうものなのだろうか？　櫻子は、自分の母の紅葉を思い浮かべる。風邪を引けば櫻子に世話をさせていたような記憶がある。だが決して深雪は近寄らせなかった。病気がうつるから、と言って。とすると、確かに母親とはそういうものなのかもしれない。

櫻子は気を取り直し、男の子に語りかけた。

「きっと、あなたのことが大事だから心配をかけたくないんですよ」

「余だって母上が大事だ。だから心配したいのだ」

男の子は言い切る。確信に満ちた表情だった。

櫻子には、ここまで健気に親を思いやれたことがない。とんだ不孝者だ。だが目の前に健《すこ》やかな子供がいるのならば、返せる答えは一つだった。

「……では、心配しに行きましょう」

「うむ。案内せよ」

傲岸《ごうがん》に顎を引いて、男の子がその場に立ち上がる。途端にふらついた男の子の足元に、櫻子は目を向けた。そして瞠目《どうもく》した。

「怪我をしているではないですか！」

男の子は、柔らかな純白の布に、銀糸の刺繍《ししゅう》が入った沓《くつ》を履いていた。沓から伸びる細い足首が赤く腫れ上がっている。

男の子はさっと足首を両手で隠し、ぶんぶんと頭を振った。

「大したことはない。早く母上のもとへ行くぞ」

「そんなわけにはまいりませんよ。転んだのですか？」

「……木から落ちたときにひねったのだ」

「捻挫《ねんざ》でしょうか。骨まで折れていないといいのですが……とにかく、動かさないように固定した方がいいです」

男の子の足首を検分《けんぶん》した櫻子は、周辺をきょろきょろと見回した。近くに手頃な枝が落ちているので拾う。添え木はこれでよし。

（でも、包帯の代わりになるようなものがないわ……）

綺麗に掃き清められた庭には、都合よく端切れなど落ちてはいない。何かないか、と首を巡らせたとき、うなじにリボンの先が触れた。

静馬の選んでくれた、大切なリボンだ。けれど、迷いはなかった。

リボンの端を指先でつまみ、しゅるりと引き抜く。結われていた髪がほどけて背中にさらりと流れ落ちた。顔の周りに横髪が垂れて、櫻子の表情をいくらか幼く見せる。

足元に屈み込み、「失礼しますね」と言い置いてリボンで患部を固定し始めた櫻子に、ぎょっとしたのは男の子の方だった。

「お……おい！　それはそなたの髪飾りだろう。大切なものではないのか？」

足首を引っ込めようとするので、櫻子はふくらはぎの辺りを掴んで止める。下手に動かすと治りが遅くなるのだ。

「大切ですよ。とても大切な人に選んでもらったのです。でも怪我をしている人を放っておくわけにはいきませんから」

男の子の顔には、ますます深く困惑が刻まれていく。

「なぜだ？　余は、そなたにとっては知らない子供だろう」

「だからといって、怪我をしていたら痛いでしょう？　それに――」

腫れた足首にリボンを巻きながら、櫻子はふわりと笑った。

「私にこのリボンをくれた方は、怪我の手当てに使ったからといって、怒るなんてしませんよ。だからいいのです」

男の子はわけがわからない、というようにただゆっくりとかぶりを振った。

「珍妙《ちんみょう》な人間だな。余は褒美《ほうび》にそなたを娶ったりせぬぞ」

「め……？　いえ、不要です。私は静馬さまの妻ですので」

「ますます妙だ。余に侍《はべ》る女は、みな一夜の情けを乞うて泣いてすがるぞ」

「はあ……お泊まり会というものですか？」

深雪がときどきご学友の家でやっていた。可愛い寝間着で布団の上に寝転び、お菓子を食べたり夜通しおしゃべりをしたりするのだそうだ。楽しそうで、ほんの少しだけ羨ましかった。

櫻子はリボンで固定した患部の様子を確かめると、よし、と額の汗を拭った。応急手当だが、やらないよりはマシだろう。

男の子が、蘇芳色のリボンの巻かれた足首をしげしげと眺める。

「なんだか手慣れているのだな」

「ええ、私もよく怪我をしましたから」

「ふぅん。顔に似合わずお転婆《てんば》なのだな」

櫻子はあやふやに微笑するにとどめた。実際には深雪や紅葉の折檻によって必要に迫られて身につけた技だが、そんなことは誰も知らなくていい。

「さあ、千鶴さまのところへ参りましょう。よろしければ私が背負っていきます」

櫻子はしゃがんだまま、男の子の方へ背中を向けた。男の子はまごついていたが、ややあって大きく息を吐くと、諦めたように櫻子におぶさった。

櫻子の背に、温かな重みがかかる。しっかりと男の子の足を抱え、櫻子は軽々と歩き出した。相良家での荷仕事よりもよほど楽だ。

背中でぶつぶつ言う声が聞こえる。

「……まったく、櫻子は本当に変だ。令嬢がこのようなことをするものではない。そもそも、余を背負うなど不敬《ふけい》なのだぞ」

「その怪我で歩かせるわけには参りませんし、すぐですから。乗り心地が悪いのは申し訳ありません」

櫻子が詫《わ》びると、背中のぶつぶつが止まった。櫻子の首元に回った腕が、ぎゅっと強くしがみつく。

男の子は櫻子にぴったり体重を預けながら、照れくさそうに言った。

「……別に、悪くない」

道を覚えていたので、千鶴の部屋までは迷わずたどり着けた。

千鶴の部屋の障子戸の前で、櫻子はこっそり声をかける。

「千鶴さん、お休み中のところ申し訳ありません。今、少しよろしいですか？」

幸い、千鶴は起きていたらしい。衣擦《きぬず》れの音がしたかと思うと、「櫻子ちゃん？ちょっと待って頂戴《ちょうだい》」という声とともに障子戸が開いた。楽な室内着に着替えた千鶴が姿を表す。

「何か、ご、よう……」

言いさした千鶴の目が黒々と見開かれる。その視線は櫻子の背後、ぴょこりと顔を出した男の子に縫《ぬ》いつけられていた。

千鶴も男の子も、見つめ合うばかりで何も言わない。櫻子は沈黙を埋めるようにおろおろと説明した。

「こちら、千鶴さんのお子さんとのことで。庭でお会いしたのでお連れしました。あの、何かまずかったでしょうか」

「いえ、まずくは、ないのだけれど……。この子は、色々事情があって、私とは離れて別の場所で育てられているのよ」

千鶴は緩く頭を振った。口元を両手で覆い、信じられないというふうに顔をこわばらせている。

「道中、ほかの誰かに会ったかしら」

「いえ、誰にもお会いしませんでした。そうですよね？」

背に向けて問いかけると男の子もこくんと頷く。千鶴は「なら、良かったけれど……」と言い置いて、障子戸を広く開けた。

「廊下に立たせたままでごめんなさい。どうぞ、入って」

「いえ、私はお子さんを送り届けただけですから」

櫻子はゆっくりと膝をつくと、男の子を背から下ろした。男の子はさきほどの不遜な態度はどこへやら、借りてきた猫のようにおとなしくなっている。今も櫻子の袖をきゅっと掴んで、上目遣いに千鶴を見上げていた。

櫻子はなんだか可哀想になってきた。たぶん、男の子は生みの親である千鶴に会ってはいけない身の上なのだろう。どこぞの華族の妾として千鶴が産んで、正妻に引き取られている、とかかもしれない。

それは櫻子が不用意に首を突っ込んではいけない事情だ。けれど、一つだけ言えることがあった。

「千鶴さん、あまり怒らないであげてください。この子は千鶴さんのことが心配なだけみたいなんです。……ね？」

「……はは、うえ」

櫻子が声をかけると、張り詰めた糸が切れたように、男の子の瞳から大粒の涙がぽろぽろっとこぼれた。足を引きずりながら千鶴のもとへ駆けていく。

「勝手なことをしてごめんなさい。でも、余はどうしても母上にお会いしたくて……っ」

「──っ！」

千鶴も顔をくしゃくしゃにして男の子を抱きとめる。親子の感動の再会に水を差してはいけない気がして、櫻子は足音を殺してその場を立ち去ろうとした。

「あ、おい！　待つのだ櫻子！」

だめだった。男の子がめざとく気配を察知《さっち》して、涙でぐしゃぐしゃの顔を上げる。

男の子は鼻の頭を真っ赤にしながら、

「礼を言う。……ありがとう。母上に会わせてくれたことも、怪我の手当ても……」

「怪我？」

千鶴が眉をひそめる。櫻子は焦って言い添えた。

「足首をひねってしまったみたいなんです。一応、応急手当だけはしてありますが、あとでちゃんとしたお医者さんに診てもらってください」

「あら、このリボンは……」

千鶴は男の子の足首と、髪のほどけた櫻子とを見比べて、ハッと息を詰める。櫻子が口を開く前に、男の子が声を上げた。

「櫻子は自分の大切なリボンで余の手当てをしてくれたのだ。母上、どうか……」

千鶴が愛おしそうに男の子の頭を撫で、櫻子に顔を向けた。

「櫻子ちゃん、私からもお礼を言うわ。本当にありがとう。このリボンは、あとで綺麗にしてお返しするということでもいいかしら」

千鶴の言葉に、櫻子はほっと肩の力を抜いた。男の子を手当てしたことに後悔はないが、リボンが手元に戻ってくるならそれはとても嬉しかった。

「はい、私はそれで構いません。では、これにて失礼しますね」

「櫻子、このリボンの贈り主は静馬か？」

男の子が、立ち去りかけた櫻子に声をかける。櫻子は小さく頷き返した。

「ほう、彼奴は良い嫁御《よめご》を娶ったようだな」

「なら、ますますちゃんと返さなくてはね」

からかうような二人の声に、櫻子の頬が赤くなる。

「え、えっと、本当にこれで失礼しますね」

ぱたぱたと足音を立てて、彼女は逃げるようにその場をあとにした。


静馬と再び顔を合わせたのは、その夜のことだった。会議が終わったあとの晩餐会《ばんさんかい》で合流して、あとは部屋に戻って休むだけ、というところだった。

その部屋が、問題だった。

隅々まで掃除の行き届いた洋室は清潔で、一見するとなんの問題もない。天井から吊り下げられた洋燈があかあかと燃え、辺りを照らし出していた。猫足のテーブルセット、柔らかそうなクッションの置かれた長椅子、毛足の長いふかふかの絨毯、それに枕の二つ並べられた大きなベッドも――。

「……いや、同じ部屋はだめだろ」

部屋に入った瞬間、動揺もあらわな声で静馬が言った。入り口に立って室内を見渡している櫻子に視線を落とし、部屋を出ていこうとする。

「もう一部屋用意してもらってくる」

「どうしてですか？」

「どうしてですか!?」

静馬はぎょっと顔を引きつらせた。まじまじと櫻子を見つめ、首を横に振る。

「僕は構わないが……櫻子は本当にいいのか？　よく考えてくれ」

「私も構いません。ほら、静馬さま、見てください」

櫻子は部屋を横切って、奥にあった扉の取手に手を置いた。それは洗面所や浴室に続く扉で、開くと湯の張られた浴槽《よくそう》や洗面台があった。

「お風呂場はこちらにありますし、身支度は扉を閉めてしまえば平気です」

「だが、眠るときは……」

「私は長椅子で眠ります。静馬さまはベッドをお使いください」

「いやだめだ。疲れが取れないだろう。僕は野営にも慣れている。櫻子がベッドを使え」

「いえ、静馬さまがベッドへ。私の方が小柄《こがら》ですし、床で眠るのにも慣れています」

長椅子は大きかったが、静馬が横になれば足を持て余すことは確実だった。その点、櫻子なら十分収まるし、相良家の蔵が寝床だったことを思えば天国だ。

静馬は何か言いたげに口を開きかけたあと、咳払いをして歯切れ悪く言った。

「……一番いいのは、二人でベッドを使うことだが……」

「私はそれでも構いません」

「構ってくれ……」

食いしばった歯の隙間から漏れる呻き声に、櫻子はぴんときた。

「もしかして、寝相《ねぞう》が心配でしょうか……？」

「まったく違う。本当に意味をわかっているのか？　いいか、僕たちは夫婦だぞ。櫻子には同じベッドで僕の妻として扱われる覚悟ができているのか？」

「それは……よく存じ上げませんが……」

櫻子はしゅんとした。自分でも、らしくないことをしているのはわかっていた。けれど、仁王路邸で経験したことが色々ありすぎて、なんだか静馬のそばにいたかったのだ。花蓮や千鶴の言葉が頭の中をぐるぐると回っていて、静馬の顔を見たら離れ難くなってしまった。

しかし、静馬がここまで嫌がるのなら、ここが引き時。

そう思って顔を上げたとき、静馬が櫻子の近くへやって来た。

櫻子の背中に流れた髪を掬《すく》い取り、心配そうに訊ねる。

「……何かあったんだろう。髪がほどけたのは、なぜだ」

「あ、それは平気です」

「……それ『は』？」

静馬はにっこりと笑って、櫻子を壁の方へ追い詰める。失言に気づいた櫻子が後じさり、壁に後頭部がついたところで、覆いかぶさるように身を屈めてきた。

「今日、あったことを、全て話せ」

「……は、はい」

間近で紅い瞳に射抜かれて、櫻子はガクガクと頷くことしかできなかった。


長椅子に並んで座り、手を合わせて異能力の受け渡しを行いながら、静馬による取り調べが始まった。

ひとまず一番話しやすいことから話すと決めて、千鶴の息子との出会いを告げる。

怪我をしていた男の子に会ってリボンで手当てしたこと、千鶴のもとまでおぶっていったこと。

聞き終えた静馬は、片手で額を押さえて唸っていた。

「姉上の子が……会いにきた？　それで、櫻子がその子を助けた、と」

「はい。少し変わった様子でしたが、良い子でしたよ。静馬さまのこともよくご存じのようでした」

「あの子供を良い子呼ばわりできるのは櫻子くらいだろうな……」

静馬はぼそりと「何をやっているんだあの方は」などと呟いたが、気持ちをあらためたようにぎゅっと手を握りしめた。

「髪がほどけたのは、リボンを応急手当に使ったからなんだな？」

「はい。あのリボンが大切なのは本当なんです。でも、子供が怪我をしていると思ったら、つい……」

胸元に落ちる髪をぎゅっと掴む。悔やみはしないが、静馬がどう思うかは気になった。

ちらと様子を窺うと、静馬と視線が交わる。櫻子は息を詰めた。

静馬は目元を緩め、何気ない口調で、

「櫻子が望むままに動いたんだろう？　なら、僕はそれが嬉しいけれどね」

なんの含みもない、喜色《きしょく》の滲む声だった。

それで胸底《むなそこ》がじんと熱くなり、櫻子は何も言えずにこくんと頷く。

（一体何を不安がっていたのかしら。静馬さまが、こんなことで気分を害するはずな

いってわかっていたのに）

胸につかえていた重石《おもし》が取り払われたようで、握りしめていた髪から手を離す。

静馬が微笑んだまま、櫻子の乱れた髪を指先で梳いた。

「それで？　それだけじゃないんだろう」

「……」

櫻子は顔をうつむけて黙りこくった。本当に言うべきかどうか、ずっと迷っていた。けれども静馬は全て打ち明けるまで手放さないという雰囲気で、櫻子をその瞳に映している。

そうしていると全てを受け止めてもらえるような心地がして、なぜだか泣き出しそうになってしまった。

それをごまかすように大きく息を吸い込み、櫻子は口を開いた。

「静馬さまは、薗田花蓮さまをご存じですか」

「薗田……？　割と新参《しんざん》の分家だな。そこにそんな名前の娘がいたかもしれないが、よくは知らない」

「ずっと、静馬さまに恋をなさっていたそうですよ」

「そうか」

静馬の顔色に変化はなかった。怪訝そうにする櫻子に、無表情で「声をかけられたこともない」と答える。

「その……花蓮さまが言うには、私のような地味でなんの取り柄もない女は静馬さまにはふさわしくないと。異能も強くてお綺麗で出世頭の静馬さまには、もっと完璧な女性でなければならないと」

「ふざけた妄言だな」

バッサリと斬り捨てた静馬は苛立たしげに前髪をかき混ぜる。

「櫻子に対して地味で取り柄がないなどと……」

「それは良いのですけれど」

「まったく良くない」

「私、なんだか怒りが湧いてきてしまって」

「……何に、かな？」

櫻子は顎を上げて、静馬をすっと見据えた。

「静馬さまのことを、薬指に嵌めると綺麗な指輪くらいにしか思っていないところです」

静馬は瞠目して、前髪にやっていた手をぱたりと下ろした。その瞳に洋燈の灯りが反射して揺らめいた。

櫻子は話を続ける。

「……それで、言い争いになってしまって」

「勝ったかな」

「負けました。……花蓮さまは、静馬さまの愛妾《あいしょう》になろうかしらと仰っていました。ただ物珍しいだけの私とは違って、花蓮さまは正しい淑女《しゅくじょ》ですから、普通に愛される術も心得ていると。それを聞いて――」

櫻子の言葉が途切れた。気づけば櫻子は、静馬の腕の中に閉じ込められていた。

どくん、どくん、という音が耳の裏に響く。自分の心臓の音だ、と気づいて櫻子は慌てた。伝わってしまったらどうしよう。

静馬の腕は逞しくて、頬に触れる胸板は厚かった。櫻子はびっくりして硬直したまま、双眸を瞬かせた。

「……妾など不要だ」

地を這うような声が、耳元で呟かれる。

「僕の唯一は櫻子だ。それ以外は何もいらない」

「静馬さま……？」

櫻子は腕の中でもぞもぞと動いて、どうにか彼の表情を盗み見る。静馬は何かに耐えるように苦しげに眉を寄せ、櫻子を見つめていた。

「どうしたらわかってもらえるんだろうな」

熱に掠れた声がしたかと思うと、櫻子の足がふわりと浮いた。声を上げる間もなく横抱きにされて、恭しくベッドに横たえられる。枕の二つ並んだ、夫婦のためのベッドに。


櫻子の長い髪が、シーツの上に黒々と扇の形を描いた。

静馬は櫻子の頭の横に腕をついて、彼女を見下ろす。

外で風が吹き寄せたのだろう。窓がガタリと鳴った。

二人の間に会話はなかった。ただその美しいかんばせが、静かに櫻子に寄せられた。

至近距離で視線が交わる。静馬の前髪がはらりと垂れて、櫻子の額に触れた。

「……目は閉じないか」

苦笑の気配を滲ませて静馬が言う。櫻子はなるべく唇を動かさないようにして答えた。吐息が混ざりそうでひやひやする。

「以前、目を閉じてはいけないと仰ったのは静馬さまです」

「……そうだな、櫻子が正しい」

まつ毛の触れそうなほどの距離で静馬が微笑む。もう少し離れてほしい、と櫻子は静馬と出会って初めて思った。痛いほど心臓が高鳴っていて、胸が破れてしまいそうだ。

櫻子は開いた瞳が乾いてひりつくのを感じた。一度だけ瞬きをすると、生理的な涙が滲《し》みて潤みを帯びた。

静馬がかすかに息を呑む。

ギシリ、とベッドが軋んだ。静馬は腕を伸ばして、櫻子の上からぎこちなく退いた。

「……すまない。冷静さを欠いていた。頭を冷やしてくる」

右の手のひらで両目を覆い、風に揺れる柳の葉のような足取りでうつむきがちに洗面所の方へと向かう。とっさに静馬の背に伸ばした櫻子の指の先で、扉がバタンと閉まった。

（今のは……どういう……？）

櫻子は両手で頰を押さえた。鏡を見なくても、かんばせが林檎《りんご》みたいに熟《う》れていることは明らかだった。

まだ鼓動の音は落ち着きそうにない。櫻子はベッドにぺたんと座り込んで、小さく震えていた。

互いに寝支度を整える段になると、静馬は言葉通り頭を冷やしたのか、妙な雰囲気は霧散《むさん》していた。逆に櫻子の方が混乱を引きずり、静馬と枕を並べて横になりながらも、やっぱり長椅子で寝ると言い張ろうかと迷い始めていた。

「櫻子、寒くはないか」

「え、ええ、平気です」

昼間はあんなに暑いのに、最近はもう太陽が落ちるとすぐに夜涼《やりょう》を楽しめるようになった。その上客間は空調が効いているから、確かに冷えすぎるくらいだ。けれども、櫻子は薄い掛布《かけふ》に包まれているだけで十分だった。それは先ほどのことでまだ気が動転していることもあるし、何より――。

（と、隣に人がいると温かいのね……）

それは新発見だった。緊張して仕方がないが、不思議と嫌悪感はない。その温《ぬく》もりに、こわばっていた体からゆるゆると力が抜けていった。

同じベッドを共有する静馬の気配を、櫻子は密かに窺った。静馬は仰向けになって瞼を下ろしている。白銀のまつ毛が洋燈の光を透かし、頬に影を落としていた。鼻《び》梁《りょう》は高く、横顔の輪郭《りんかく》も完璧な線を描いている。

櫻子は知らず知らずのうちに見入っていた。

（……本当に、綺麗な方だわ）

花蓮が口を極めて褒めそやすのも確かにわかる。もちろん、静馬はそれだけではないのだけれど、この花のかんばせや、異能や、仁王路家の血筋が、彼の本質から人を遠ざけていたとしたら――。

千鶴の言葉が胸のうちに蘇《よみがえ》る。櫻子はシーツを握りしめた。

(静馬さまのおそばにいるには、どうしたらいいのだろう……)

「……櫻子、あまり見られると眠りづらいんだが」

すっかり眠っていると思い込んでいた静馬に目を閉じたまま言われて、櫻子はぎくりと肩をこわばらせた。

「し、失礼いたしました」

急いで謝罪する。視線の先の静馬は苦笑しているが、怒っているふうではない。

静馬はゆっくりと目を開けると、櫻子の方に体を横向けた。

「眠れないか。慣れない場所だ、無理もない」

「い、いえ。そんな、どこでもすぐに眠るのは得意です」

眠れるときに眠って、食べられるときに食べるのは櫻子の特技だった。そうでないと相良家では生きていけなかったから。次にいつ眠れて食べられるのかわかったものではなかったのだ。

「静馬さまにとっては、ここはご実家ですよね。何か思い出などございますか？」

聞いてよいものか迷いつつ、思い切って訊ねてみる。千鶴の話を疑うわけではないが、静馬から直接話を聞いてみたかった。

静馬は切れ長の瞳を瞬かせ、「思い出？」と呟く。何かを探すように視線を宙空《ちゅうくう》にさまよわせた。

「そうだな……特にこれといったものはないが。基本的に異能の修練と、華族としての勉学とで一日を過ごしていたから」

「遊ぶことはなかったのですか？」

「ないわけではないが。子供のうちは、異能でふざけることが多いんだ。一度僕も、使用人たちの子供と一緒に遊んだことがある。皆、楽しそうに異能を使っていて、誘われたから僕も輪に入った」

「楽しそうですね」

そのさまを想像して、櫻子は微笑ましくなる。至間國の人間にとって異能は手足も同然だ。子供が発現したての異能を悪ふざけに用いることは、よく見られる光景だった。もちろん見つかれば大人に叱られてしまうが、その辺も良いスパイスなのだろう。

「……僕は、本当に気軽に発火の異能を使ってみた。遊びのつもりだったが威力が強すぎた。結果として相手の子供に怪我をさせ、離れを一つ焼失させた。以降、僕は彼らに近寄らないようにしたし、彼らも僕には二度と近づかなかった。それくらいだ」

「それは……」

櫻子は言葉を失う。静馬がなんでもないように言うのが、余計に胸を締めつけた。

「そんな顔をしてくれるな」

静馬が指を伸べ、櫻子の頬をつつく。ふっと目元を緩めながら、

「そんなことばかりでもなかったさ。僕が異能病で寝込んでいるとき、兄が部屋に忍び込んできたことがあったな。庭に生《な》っていた林檎を取ってきた上に、皮を剥こうとしてナイフで手を切って。僕がすぐに治癒したが、母にはしこたま叱られた。……あれはあれで、楽しい思い出だった」

静馬につられて、櫻子もはにかんだ。静馬がそんな表情で話せる思い出が一つでもあって良かった、と自分勝手だけれども、心からそう思った。

それからぽつぽつと、静馬は思い出を語った。おそらく櫻子には楽しい話だけを聞かせようとしているのだろう。どれもありふれた、ささやかな日常風景ばかりだったが、櫻子には想像もつかないものばかりだった。

そのうちに、うとうと、と眠気が櫻子を誘った。欠伸を噛み殺す櫻子の頭を、静馬が優しく撫でた。

「悪い。話しすぎたな。――おやすみ」

「いえ、お話を聞けてうれしかったです。おやすみなさい……」

櫻子はそのまま眠りに落ちた。きっと幸福な夢を見るだろう。そんな気がした。

こてんと眠り込んだ櫻子の頭を撫でながら、静馬は今日の彼女の様子を思い返していた。

――櫻子には、愛を受け止める器《うつわ》がない。

正確にいえば、それは相良家で粉々に破砕《はさい》され、二度ともとの形には戻らない。だからどれだけ罵倒されてもけろりとしている。自分自身には価値がないと心の底から信じ込んでいるからだ。自分が傷ついても、その痛みにさえ気づけない。そのくせ他人の痛みには敏感で、それを放っておけないのだ。自分も傷だらけのくせに――いや、だからこそ見過ごせないのかもしれない。

静馬がいくら想いを伝えても、思わせぶりなことをしても、彼女がどこかぼんやりしているのは、たぶん、自分が愛されることはないと頑《かたく》なに思い込んでいるためだろう。あらためて相良家の人間に憎しみが湧いてくる。よくも櫻子をここまで甚振《いたぶ》ってくれたものだ。

それでも、と静馬は祈っている。

櫻子は愛されるべき人間だと、静馬にとって唯一無二の存在なのだと伝え続けていれば、いつか――櫻子の中の器が修復できて、愛を受け取れるようになるのではないかと。

それはきっともともとの形とは似ても似つかないものだ。一度壊れたものは、二度とは同じ形には戻らない。

ふと静馬は夢想する。もし櫻子がごく普通の家庭で生まれ育ち、家族から愛されて育ったとしたら。

たぶん、彼女はもっと明るくて、もっとよく笑って、もっと幸福な、何より心の優しい少女だっただろう。

その様子を思い描こうとして、ありもしない幻想に自嘲する。

櫻子が愛を受け取る器は、つぎはぎの多い、不恰好なものかもしれないが。

静馬が出会って、日々を過ごして、もう手放せないと決めたのは、少し陰があって、笑顔が控えめで、おそらく不幸な時代を過ごし、けれど他者へのいたわりを失わなかった少女なのだ。それはもう誰にも変えられない。

――とはいえ、今夜は急《せ》かしすぎてしまった、と静馬は心のうちで反省する。

おそらく櫻子には何がなんだか理解不能だっただろうが、静馬としては櫻子がまた自分の傷に無自覚なのと、そのくせ静馬の扱いに怒っているのとで、耐えきれなくなったのだ。

あの分家の娘のようなのは掃いて捨てるほどいて、正直にいえばいちいち関わるのも馬鹿らしく、静馬は完全に視界に入れないようにしていた。周囲の誰もが、それを当然のこととしていた。

それを、櫻子だけが、真正面から受け止めて怒ったのだ。あの櫻子が。

無性に愛《いと》おしくなってしまっても仕方がない、と半ば開き直る。

手のひらで櫻子のまろい頬の線をたどる。初めて会ったときよりもずっと柔らかくなった。

それにしても、と人差し指で櫻子の額を弾く。音がするかしないか、くらいの強さで慎重に。

本当に同じベッドで眠ることになるとは思わなかった。名目上は夫婦なのだから、一つの部屋しか用意されないのは自然なことだが、櫻子が抵抗しないのは意外だった。今日あったことが彼女にどんな影響を与えて、どんなことを思ったのか、それは想像するしかできないが——もしかすると、櫻子は思うよりもずっと強くて、周りをよく見ていて、自分で立ち直ろうとしているのかもしれない。

さりとて、櫻子は深い意味をまったく意識せずに行動しているのだろうが。

すやすやと寝息を立てる櫻子の唇を爪先でなぞる。果実のようにつややかで、引っかかるところがない。

櫻子があのとき目を閉じないでいてくれて良かった。一時《いっとき》の激情に任せて、取り返しのつかない過《あやま》ちを犯してしまうところだった。静馬は絶対に櫻子を傷つけたくなかった。

けれども——長い一日の終わりに、これくらいは許してほしい。

長い髪の一房を掬い、瞼を伏せ、そっと口づけを落とす。

彼女の白々とした耳朶《じだ》に唇を寄せ、自分でも驚くほど甘く囁きかけた。

「おやすみ、櫻子。良い夢を」


瞼の向こうから射す光に、意識が浮上した。なんだか温もりに包まれていた。

櫻子はうっすら目を開ける。見慣れないアーチ型の窓から、朝の光が入り込んでいた。

寝起きの頭が回転し始める。そうだ、当主会議のために静馬と仁王路本邸へやって来ていたのだ。それで、一臣に挨拶をして、花蓮や千鶴たちに会って、夜は部屋が一つしかなくて、櫻子は――。

一気に意識が覚醒《かくせい》する。

慌てふためいて起き上がろうとしたところを、何か重いものに阻《はば》まれた。

「し、静馬さま……？」

櫻子の体に、静馬の腕が巻きついている。寝ているとは思えないほどしっかりと。ずるずるとベッドの中に引きずり込まれながら、櫻子は頭の中のメモをひっくり返した。ようやく探し当てた一枚には、こう書いてあった。

『静馬さまは朝に弱い』と。

櫻子を腕に囲った静馬は、満足げな笑みを浮かべ櫻子のほつれた髪を梳いていた。

「おはよう、櫻子」

「お、おはようございます……？」

静馬の声は予想よりはしゃんとしていて、櫻子はひとまず挨拶を返す。静馬の笑顔がいっそう輝いた。

「起きて一番に櫻子の顔を見られるのは堪らないな」

「あ、あの……？」

「ずっとここにいてくれ」

「えっと……そろそろ起きて支度をしなくては……」

「いやだ。どこにも行かせない」

静馬がひしと櫻子を抱きしめる。思考が真っ白になっていると、頭上から健やかな寝息が聞こえてきた。櫻子はほとんど半泣きで静馬の腕を叩いた。

「し、静馬さま！　お目覚めの時間ですよ！」

その後、無事に静馬を叩き起こした櫻子は、一臣や千鶴に見送られて仁王路本邸をあとにした。千鶴の息子の姿はどこにもなかった。ついでに花蓮の姿もなかった。

——こうして、当主会議は終わった。

第三章

静馬が御前会議のために至間宮正殿を訪れたのは、当主会議からいくらか経った昼下がりのことだった。その日は朝から雨が降り続いていて、鍛錬へ向かった井上は異能が使いづらいとぼやいていていた。

正殿は御門の在《まし》す場所。部屋には臣下のための長机が並べられ、その奥に御簾《みす》が下りている。御簾越しに御門の影が見えた。

御門に呼ばれているのは静馬だけのようだった。背後で扉が重い音を立てて閉まる。

途端、御簾の向こうで御門が楽しそうな笑い声を上げた。

「静馬、そなたの妻はなかなか良い女性だな。余は気に入ったぞ」

それは明らかに幼い子供の声。静馬は痛む頭を押さえてため息をついた。

「……陛下、無断で至間宮を抜け出すのはおやめください。皆心配します」

「そこはそれ、イタズラ心というやつよ。おかげで櫻子にも会えたしな？」

「捻挫したと聞きましたが」

「もうなんともない。宮の医師に診せたらすぐに治癒してもらった。……それにしても」

御簾で隔たっていても、御門がにんまりと唇を吊り上げたのがわかる。嫌な予感がして静馬は顔をしかめた。

「櫻子は静馬に惚れているのだな。うむうむ、妻を大切にするのだぞ」

御門の言葉に、静馬は自分の耳を疑った。

「……私が櫻子に、ではなく？」

「そんなことは知っている。ほら、余の応急手当に用いたリボンは静馬が買い与えたものだとか。それを話しているときの嬉しそうな顔ときたら。見せてやりたかったぞ」

「……そ、うですか」

「余の後宮に侍ることとも、静馬の妻だからと断るしな」

「畏れながら申し上げますが、僕の妻に何を吹き込んだか聞かせてもらおうか」

勢いよく敬意をかなぐり捨てた静馬に、御門はけらけらと笑い転げた。この國で最も貴い人間にこんな口をきくのは静馬くらいだ。

「そう怒るな、可愛い冗談だ」

「……彼女は後宮を正しく理解しているかも怪しいんです。余計なことを言わないでいただきたい」

「それは静馬も苦労するなあ」

御門がしみじみと言う。

巷《ちまた》では、御門は特別な生まれ方をするなどという風説が流布《るふ》しているが、それは子供が信じる御伽噺《おとぎばなし》である。御門といえど普通にヒトの産道《さんどう》を通って生まれ落ちる。

ただ外戚《がいせき》による治世《ちせい》への影響を最小限にとどめるために、そのような建前を作っているのだ。すなわち、後宮というのは御門の血筋を保存するための継承機関であって、華族ならば誰でもわきまえていることだった。

だがおそらく、櫻子にはそれを知る機会も、それを教えてくれる人もいなかった。

色々と苦労しているのは事実だったが、静馬自身はそれを苦にも思っていない。軽く肩をすくめ、慎ましく口を閉ざした。

そして御簾の向こうに、鋭く視線を向ける。

「で、そんな話のために呼び出したわけではないでしょう」

「ああ、雑談はここまでだ」

御門が二回手を叩くと、するすると御簾が上がっていく。まずは沓を履いた小さな足が、それから平組の帯に管玉の装飾が見えたかと思うと、一息にその小さな顔があらわになった。

そこにはまだ幼い男の子供が、豪奢な唐草《からくさ》文様の施された椅子に座していた。

その面差しは千鶴に似ている。だがもちろん、誰もそんなことは口にしない。

御門は漆黒の瞳を静馬に据えると、物憂げに手元の檜扇《ひおうぎ》を開いた。

「特殊失踪人の届出が増えていることは静馬も知っているな?」

静馬は腕を組む。部下の鞍田が特殊失踪人を追いかけて泥だらけになっていた姿を思い出した。

「あれから特殊失踪人の数は増えるばかりだ。最近では新聞記者もこの情報を掴み、記事に書き立てている。もちろん余も手をこまねいていたわけではない。種々の情報を集め、それらを余の異能で解析《かいせき》するに――」

御門の視線が、夢見るように遠くへ向けられる。その異能の名は〈因果決定《いんが》〉。この世界のありとあらゆる情報を分析・解析し、全ての事象の未来を見通す力だ。

彼のもとに集められる情報の精度が高ければ高いほど、量が多ければ多いほど、彼の告げる未来は「確実に起こること」になる。情報という原因を推察し、未来という結果を決定する。

だが、この世に完全な情報などあり得ない。それで御門の見る未来はいつも不完全で、歴代の御門に比べて劣る、などとも言われていた。

静馬は気にしたことがない。もとより確実な未来が知りたいなどと考えたこともない。

それよりも、異能によって遥かに高い視座《しざ》から世界に臨み、実年齢よりも遥かに大人びた精神を持つこの甥《おい》が、静馬には悪戯っぽく振る舞うのに手を焼いていた。可愛らしい子供の悪ふざけというよりも、幼い超越者の暇つぶしだからたちが悪い。

櫻子から話を聞く限り、千鶴や櫻子の前では子供らしくしていたようなのに、この差は一体なんなのか。……おおかた、遊び相手か何かだと思われているのだろうが。

「日本からやって来た大規模な人買いの組織が活動している。至間國の異能を海外に輸出しようという魂胆《こんたん》だな。人数は三十名弱。一週間に一度ほど、船で被害者を日本へ密輸している。拠点を点々と変えていて、場所をはっきりとは示せない。ただ、至間の異能者も関与している可能性が高い。異能は隠密《おんみつ》系」

「なるほど」

静馬は指先で顎をつまんだ。脳内に、拠点《きょてん》となりそうな場所をいくつか挙げる。異能を輸出するためには被害者を生かしておく必要があるはずだ。まずは食糧の流れを洗い出すか、と内心で取り決めた。

御門がひそやかに言葉を続ける。

「被害者の属性や失踪の周期を合わせると、次は二十代の女性が狙われる。おそらく昼間だろう。余は、余の民を害するものを決して赦しはせぬ。静馬よ、捕らえよ。これは勅命《ちょくめい》である」

「御意《ぎょい》」

軍服の裾をひらめかせ、静馬は完璧な一礼でもって応える。

御門がぱちんと音を立てて檜扇を閉じた。それが退出の合図だった。

静馬は御前を立ち去ろうと踵《きびす》を返す。その背中に、御門がぽんと声を投げた。

「ところで、次の夜会には櫻子と来るのか？」

静馬は足を止めた。

当主会議の翌日に受け取ったきり、書斎の机の抽斗にしまい込んでいた御門主催の夜会への招待状のことを思い起こす。そこには礼々《いやいや》しい招待の言葉とあわせて、参加者の一覧が同封されていた。そこに並んだ「相良」の苗字が、静馬の心をかなり荒《すさ》ませていた。

「……御門のご招待となれば、行かないわけには参りますまい。櫻子が嫌がらなければそうなるでしょうね。櫻子が、嫌がらなければ、ね」

首だけ振り向いて、むっつりと答えを返す。目の前の幼い顔には、ろくでもないことを考えていますよ、と克明《こくめい》に書いてあった。

「櫻子は嫌がるまいよ。これはほとんど確定した未来だ。……余も張り切らねばな」

「絶対に余計なことをするなよ」

「叔父上殿は手厳しい。これは叔母上に慰めてもらわなくては」

にんまり笑う御門に深い嘆息を漏らし、静馬は今度こそ軍務局へ引き取った。

櫻子が御門主催の夜会の話を聞いたのは、その日の夜のことだった。

静馬の寝室にて、二人はいつも通りに手をつなぎ合わせていた。静馬の手のひらは温かく、櫻子は少しだけ眠気を感じていた。

しかし、夜会という言葉が記憶を刺激する。櫻子はぱっちりと目を開いた。

「もしかして、相良男爵家も招待されているのですか？」

深雪が夜会のため、綺麗なドレスをよくねだっていた。櫻子はいつもめかし込んだ深雪を見送るばかりだったので、夜会がどんなものか知らない。彼女が自慢げに話すのを聞いたところによると、何もかもが洗練されており、立派な殿方がたくさんいるらしい。

静馬が案ずるように頷いた。

「そうだ。相良紅葉、深雪の二人も参加する。十中八九、婿《むこ》探しだろう。はっきり言うが、櫻子が会いたくなければ無理に参加する必要はない」

「そうしたら、静馬さまはどうなさるのですか？」

「僕は御門から直々に招待状をもらっている身だ。不参加というわけにはいかないし、一人で出席する。ほかにもそういうやつはいるからな」

「お一人で……」

櫻子は黙り込む。想像でしか知らないきらびやかな館《やかた》を背景に、礼服を着こなした静馬が一人で立っている姿を思い描く。きっと彼は目立つだろう。想像の中の彼はすぐに数多の女性の視線を集めた。その中には深雪の姿もある。

つないだ手をぎゅっと握りしめる。なんとなく、胸がもやもやした。

「わ、私も参加したいです。上手くやれないかもしれませんが……いずれ慣れなければならないことですから」

「……そうか、櫻子がそう決めたなら、僕は君を支えるよ」

静馬が櫻子の必死な様子を見て、優しく微笑む。緊張をほぐすように、櫻子の手の甲を親指の腹で撫でた。

「それなら、ドレスが必要だ。今度、百貨店に買いに行こうか」

「は、はい」

櫻子は唇を引き結んだ。百貨店には荷物持ちとして行ったことはあるが、自分の買い物はしたことがない。ましてや自分用のドレスなんて夢見たことすらなかった。上手く選べるだろうか。まったく自信がない。

小間物屋へ行ったときのことが脳裏に蘇る。あのときも、結局は静馬に選んでもらって、櫻子は立ち尽くすだけだったのだ。

暗い顔をして悩み始めた櫻子の手を引き寄せ、静馬が指先に口づける。櫻子は驚いて目を瞬かせた。唇の触れたところが火傷したように熱い。ついで、頬がかあっと赤くなるのがわかった。静馬は悪戯っぽく笑っている。

「妻のドレスを見立てる栄誉を、僕に与えてくれるかい」

櫻子は息を呑み込んだ。静馬の気遣いに泣きそうになる。けれど、静馬の選んでくれたドレスで夜会に参加すると考えると、なんだか胸元がそわそわした。それは素敵な一夜にふさわしい装いのように思えた。

「え、ええっと……」

「うん？」

笑みを深め、静馬が顔を寄せてくる。櫻子は固く目を瞑った。すぐそばで、静馬がハッと吐息を詰めるのを感じる。

櫻子は真っ赤になった顔を伏せ、消え入りそうな声で答えた。

「よ、よろしくお願いいたします……」

返事がない。おずおずと瞼を上げると、静馬が怖いほど真剣な顔で櫻子を見つめていた。

「あの……？」

声をかけると、我に返ったようだった。半目になって遠くへ視線を投げる。白銀の髪の隙間から覗く耳に、わずかに朱が差していた。わざとらしく咳払いをして、

「ああ、うん。ドレス、ドレスの話だね、もちろん、任せてくれ」

「それ以外に何か……？」

「いや、こちらの話だ、気にしないでくれ」

「はあ……」

突然挙動不審になった静馬に首をかしげつつ、櫻子は素直に頷いた。

それから、そういえば、と話題を変える。

「今度、千鶴さんとお会いすることになったのです。リボンをお返しくださると。あとせっかくなので、ミルクホールにご一緒いただけるのです」

大切なリボンが手元に戻ってくると思うと、自然と口元がほころんだ。千鶴とお出かけするのも楽しみだ。

静馬はそんな櫻子の様子を見て、「御門が言っていたのはこの顔か」とかすかに呟いた。

「え？」

「いや、なんでもない。それはぜひ楽しんでくるといい。……ただ昼間とはいえ、何があるかわからない。気をつけるように」

落ち着きを取り戻した静馬が、今度は心配そうに言う。櫻子は両目をぱたりと瞬かせた。

「何かあるのですか？」

静馬は重ねた手に視線を落とし、しばし口元を引き結んでいた。だがやがて意を決したように、低く囁いた。

「……最近、異能目的の拐《かどわ》かしが流行っている。櫻子も気をつけてくれ」

それを聞いて、櫻子の眉尻が下がる。

「ああ、新聞でも話題になっておりました。でも私は無能ですから大丈夫かと」

「そうじゃない」

つないだ手のひらを強く握られる。

「単に、僕が心配で、櫻子を失いたくないからこういうことを言っている。無能だろうがなんだろうが、櫻子が僕の妻である以上関係ない。いいな？」

櫻子の瞳を一途に見つめ、迷いなく告げる。その視線が肌に突き刺さるように感じて、ぱっと顔を伏せた。じわじわと顔が熱を持っていくのがわかる。

静馬がふっと息を吐き、テーブルに頬杖をついた。そのまま首を傾けるようにして櫻子の下向いたおもてを覗き込む。

櫻子はいよいよ追い詰められて、おそるおそる声をかけた。

「あの、何か……？」

「いや、今日の櫻子はなんだかよく赤くなるなと思って」

「そ……っれは、静馬さまが……っ」

「うん、僕が？」

静馬はにやにやと口元を緩めている。よほど「静馬さまにそのような顔で見つめられるからです」と言おうかと思ったが、それはそれで気恥ずかしくなってきた。

触れる手のひらが熱い。手首の薄い皮膚の下に流れる血が、溶岩《ようがん》か何かに変わってしまったようだった。

うつむきながらも、絞り出すようになんとか答える。

「今日の静馬さまはなんだか意地悪です……」

「嫌いになったかな」

「そんなことはありませんが……やけに機嫌がよろしいですね？」

今度は静馬が驚く番だった。目をぱちくりと瞬かせ、子供のように首をかしげる。

「そうか……僕は機嫌がいいのか」

「私にはそう見えます」

「なるほどな。確かにそうだ」

静馬は得心がいったように応えた。

「櫻子の反応が可愛いものだから」

「や、やっぱりご機嫌ですね？」

狼狽《ろうばい》しきりの自分の反応など、別に可愛いものでもないだろうに。何か良いことがあったのかもしれないわ、と櫻子はこっそり微笑んだ。


千鶴と会うと約束した日は、秋晴れの気持ちの良い午後だった。

櫻子は柑子《こうじ》色の紬《つむぎ》をまとっていた。全体に萩《はぎ》の模様があしらわれていて、落ち着いていながらも華やかだ。髪は素っ気ない髪紐でひとまとめにしているだけ。リボンを返してもらったら、すぐにその場でつけようと思っていた。

待ち合わせの場所は、大通りにそびえる時計台の下の広場だった。青々とした芝生《しばふ》が広がり、噴水が冷たい水を汲《く》み上げている。その周りで子供たちがしぶきを浴びては、きゃらきゃらと走り回っていた。

至間國の中でも特に目立つこの場所には、ほかにも人待ち顔の人々がちらほら見受けられる。櫻子もその中の一人となって、千鶴を待った。

……待ち続けた。

燃えるような茜《あかね》色に染まった夕焼け空を、二羽の白い鳥が飛び過ぎていく。

櫻子は時計台を見上げ、もう何十回目かの確認をした。

(……さ、さすがに遅いかもしれないわ)

千鶴と約束したのは午後一時。すでに今、時計の針は午後五時過ぎを指し示している。櫻子は足が疲れたので長椅子に腰を下ろしてしまった。

袂から一通の手紙を取り出す。便箋《びんせん》を開くと、焚《た》きしめられた香がほのかに薫った。

そこにははんなりした文字で、当主会議でのお礼とリボンを返すために会いたいということが書かれていた。千鶴から届いたものだ。丁寧で、でもほんの少し茶目っ気を織り交ぜた文章からは、千鶴もこのお出かけを楽しみにしているように思えた。

じわ、と目尻に涙が滲む。

（千鶴さんはとても良くしてくださったけれど……私に会いたいなどというのは嘘かもしれない。無能の櫻子と仲良くしても、千鶴さんに得るものはないのだし）

便箋の文字がぼやけてきた。櫻子は何度も瞬きして、涙を振り払う。ぐっと唇を噛んで、便箋を大事に袂にしまった。

（いえ、千鶴さんはそんな人ではないわ。会いたくないなら、誰かにリボンを届けさせれば良いのだから。わざわざ私を呼び出して、待ちぼうけするさまを陰から指差して笑うような、そんな陰湿なことはしないわ）

長椅子から立ち上がる。きょろりと四囲を見回し、頬に手を当てて考え込んだ。

（もしかしたら、何かあったのかもしれない。体調を崩してしまったのかも。でも、そうしたら誰かが私に知らせてくれるはず。待ち合わせ場所は決めてあったのだから、屋敷か時計台に使いをくださるわ。なら、私に連絡することもできないくらいの緊急事態があった……？）

つ、と冷や汗が背中を流れた。静馬の言葉や新聞記事が頭の中をぐるりと回る。異能目当ての誘拐、増えるばかりの失踪人――。

まさか、と呟く声が震えた。草履を脱ぎ散らかす勢いで走り出し、広場の隅に設置されていた丹《に》色の公衆電話ボックスに飛び込んだ。電話をかけようとして、顔をしかめた。それは異能によって動く旧式のタイプで、櫻子がいくらダイヤルを回しても受話器からは無機質な音しか流れない。

(もう！　どうして私は無能なの！)

受話器をガチャンともとに戻し、電話の前に突っ立って必死に考えを巡らせた。どうしたら千鶴の無事を確かめられるだろう。仁王路本邸は遠すぎる。一度別邸に戻ろうか。しかしそれも時間がかかる。そうしている間に千鶴に何かあったらと思うと――。

コンコン、とボックスの扉を叩かれる。ハッと振り向くと、紳士服の男性が、迷惑そうにボックス内を覗いていた。公衆電話を使いたいのだろう。櫻子はあたふたと頭を下げ、扉に手をかけた。

その瞳に、沈みかけた太陽を背にして鎮座する豪壮な建物が映った。

至間宮軍務局。

静馬のいるところ。そしてここからなら徒歩ですぐだ。

櫻子はふらふらと歩き出しながら、両手を握りしめる。風が袂を揺らし、便箋がかさりと鳴った。

（ご迷惑、だわ……）

職場に突然押しかけては、静馬も嫌な顔をするだろう。それに、彼には彼の仕事があって、確実に会えるかどうかもわからない。

けれど、櫻子にはそれが最善のように思えた。

キッと眦を決す。軍務局へ向かって、地面を蹴った。

（とは、いうものの……）

至間宮の門前で、櫻子は陰から様子を窺っていた。至間宮の番所は赤煉瓦造りで、先ほどからひっきりなしに人が行き交っている。皆、番所で門番に何か書類を渡しているようだ。たぶん、約束があると証明するものだろう。櫻子にはもちろんそんなものはない。

（でも、ここで待っていたって仕方がないわ。事情を話して、なんとか取り次いでもらいましょう）

そう決意して、陰から一歩踏み出したとき。

「あれ？　そこにいるのは静馬のところの櫻子さん？」

太い声がして、櫻子はそちらへ体を向けた。

そこには短髪の、がっちりとした体格の男性が立っていた。威圧感のある軍服の長身とは裏腹に、小さな丸い瞳は澄んでいる。櫻子はおどおどと男を見上げた。

「えぇっと……私をご存じなのでしょうか……？」

「あ、これは失礼。俺は井上剛志といいます。静馬の同僚です」

「静馬さまの！」

櫻子の瞳が輝いた。なんという幸運だろう。櫻子は生まれて初めて天に感謝した。

井上は不思議そうに腕を組む。

「奥方がいらっしゃるなんて、何か静馬に御用ですか？」

「は、はい。静馬さまのお姉さまのことで少し気になることがあって……」

「千鶴さまのことで？」

井上の太い眉がぴくりと動いた。ずいと距離を詰められて櫻子は肩を縮こませる。制汗剤《せいかんざい》の爽やかな香りが漂ってきた。

井上は腰を折り、大柄な体躯には少し意外な、恭しい手つきで門の方を示した。

「ご案内します。こちらへ」

井上は番所で手早く手続きを済ませると、櫻子を軍務局参謀室へ導いた。至間宮の長い廊下を何度も曲がり、よく磨かれた階段を上ったり下ったりした先に、参謀室はあった。櫻子一人ではもう帰れず、迷子になってしまうだろう。

「おおーい、静馬はいるかあ！」

居室に踏み込むなり、井上は大声で呼ばわった。櫻子がびくっと肩を跳ねさせているのをよそに、のんびりとした応えがある。

「井上先輩、うるさいでーす。仁王路少佐は財務局との会議ですよ。もう少しで帰ってくるんじゃないですか」

綺麗に整頓された机の向こうで、若い軍装の男が顔を上げる。女の子みたいな顔立ちだった。井上の背後に立つ櫻子を見咎めて、小さな口をぽかんと開ける。

「あれ、その方、仁王路少佐の奥さんでは？　井上先輩、いくら恋人が欲しいからって分別がなさすぎますよ。というか殺されますよ」

「ちーがーう！　櫻子さんが静馬に用事があるっていうからご案内したんだ！　誓って指一本触れていないぞ！」

わあわあ言い争っている二人に、櫻子は小首をひねる。どうやら、自分は軍務局で割と知られた存在らしい。静馬は目立つ存在だから、そのおまけとして櫻子も認知されているのだろうか。

白熱する二人の諍《いさか》いにどう割って入ろうか頭を悩ませていると、若い男の方が櫻子の方を向いた。間延びした口調で挨拶する。

「放置してすいません、櫻子さん。俺は鞍田遠矢っていいますー。仁王路少佐の部下です」

「い、いえ。私は仁王路櫻子と申します。ええっと……」

「ああ、櫻子さんのことはだいたい知ってます。少佐が幸せオーラ出して、井上先輩が血涙《けつるい》流してるんで」

「し、しあわせ……？　血の涙……？」

あっけに取られる櫻子に、鞍田は人差し指を立てる。一つ一つ数えるように、

「弁当持ってきたり、休みにデートしたり。毎日楽しそうで何よりですけどね。前までちょっと怖かったし。ね、井上先輩」

「本当によお！　遠慮会釈《えんりょえしゃく》なく惚気《のろけ》やがって！　静馬は恋人がいない俺に対する優しさってもんがないんだよ！　……あ、やべ」

井上と鞍田の顔から血の気が引いていく。背後に人の気配を感じて、櫻子は振り向いた。

「――何をしている」

部屋の入り口に、憮然《ぶぜん》とした表情の静馬が立っていた。軍服をきっちりと着込み、井上と鞍田を冷たい目で睥睨している。

「違うんですよ仁王路少佐！　俺は無実ですからね！」

「おい鞍田お前先輩に対する忠誠心とかないのか！　だいたい俺だって無実だ！　な

ん罪を被せようとしてんだよ！」

ギャーギャー喚《わめ》く二人を綺麗に無視して、静馬が櫻子に話しかける。

「櫻子がここに来るなんて、何か僕に用事かな？」

屋敷で見るときのような穏やかな顔つきで、櫻子はちょっとほっとした。先触れもなく職場を訪《おとな》ったのだ。帰るように言われても仕方ないのに、話を聞いてもらえそうで良かった。

なお、櫻子を前にした静馬の表情に井上と鞍田は顔を見合わせた。「猫かぶってますね」「可愛こぶってやがる」などと言い合い、静馬の一睨みで黙り込む。

「じ、実は……」

櫻子は身ぶり手ぶりも交えて、一生懸命に事情を説明した。話すうちに部屋には静寂が広がり、静馬のみならず井上と鞍田も真剣な顔つきになる。

「その、何もなければそれで良いのですが。静馬さまから誘拐のお話を聞いたばかりですし心配で。お仕事のお邪魔をしてしまって申し訳ないのですが、千鶴さんの安否をご確認いただけませんか」

「邪魔ということはない。少し待ってくれ」

静馬は机の上の電話に手を伸ばし、ダイヤルを回してどこかにかけ始めた。短く会話を終えると、渋い顔つきで受話器を置く。

「……本邸には帰っていないそうだ。櫻子の言う通り、昼過ぎに出かけたきり戻っていないらしい。向こうも子供ではないから気にしていなかったようだ」

「そんな……もしかして、どこかで倒れられて病院に運ばれているとか……?」

「それなら病院から本邸に連絡が入っているだろう。……鞍田、いいか」

名を呼ばれた鞍田が、背筋を伸ばして静馬のそばに控える。

「まだ失踪から時間が経っていない。臭跡《においあと》から仁王路千鶴の行き先を追えるか」

「千鶴さまの持ち物があれば」

目の前で交わされる会話に目を白黒させる櫻子に、井上がこそっと教える。

「鞍田は異能で鼻が効くんです。千鶴さまの匂いであとを追えるんですよ」

「まあ……それなら」

櫻子は袂から便箋を取り出した。三人の目が一斉にこちらを向く。便箋を持つ手が震えたが、必死に口を動かした。

「千鶴さんからいただいたお手紙です。こちらは使えないでしょうか」

「貸してください」

鞍田が便箋を引っつかむ。鼻先に持っていって、くんと匂いを嗅ぐと眉根を寄せた。

「……なんですかね、お香?の匂いがきついですね」

静馬も身を屈め、手で仰いで匂いを確かめた。

「文香《ふみこう》だな。確か、白檀《びゃくだん》や桂皮《けいひ》を合わせて専用の匂い袋を作っていた」

「じゃあ……だめですね。千鶴さま本人の匂いではないので、追えないです。今もその匂い袋を持っていたらいいんですが」

「手紙を書くときにしか使わない。本邸にあるだろうな」

「ですよねえ！　全然匂いませんもん！」

鞍田が悔しそうに歯噛みする。静馬はそれには取り合わず、

「時間はかかるが仕方ない。自室から何か持ってこさせよう」

至間宮から仁王路本邸までは、自動車で四、五十分ほどかかる。櫻子は足下を向いて唇を噛みしめた。

約束の時間は午後一時だった。それからもう五時間は経っている。千鶴はどれくらい遠くへ行ってしまっただろう。もっと早く行動していれば、助けられる確率も上がったんじゃないか。そんな思いが心の中を渦巻き、櫻子を責め苛《さいな》む。

(だから私はいつまでたっても無能なんじゃないの。せっかく千鶴さんが良くしてくださったのに)

そこで、ハッと気づいた。難しい顔つきの三人におずおずと手を上げる。

「……あの、私は使えませんか？」

「というと？」

鞍田の問いに対し、つっかえつっかえ説明する。

「ち、千鶴さんは、私がずっと身につけていたリボンをお持ちのはずなんです。だから、えっと、逆に私から千鶴さんの手元のリボンをたどっていけないかと」

三人の目が丸くなる。静馬が鞍田に鋭い目線を向けた。

「いけるか？」

「やってみないとなんとも。失礼しますね」

鞍田は紬の生地越しに櫻子の肩を掴むと、真剣な面差しで身を屈めてきた。急な行動に櫻子は硬直し、なすがままにされるしかない。鞍田の少女めいた顔が櫻子の頬の横を通り過ぎ、うなじの辺りに鼻を寄せた。すんすんと匂いを嗅がれている気配を感じ取る。

なんだか恥ずかしくなってきた。だいぶ涼しくなってきたとはいえ、広場からここまで走ってきたから汗をかいたかもしれない。平気だろうか……。

ちら、と視線を上向ける。静馬は腕を組み、人差し指で自分の腕を叩いていた。そのかんばせからは表情が完全に抜け落ち、底意は読み取れない。隣で井上がなぜか頭を抱えているのが目に入った。

鞍田がゆっくりと離れていった。目をすがめ、慎重に口を開く。

「……なんとなくわかりますね」

「本当に⁉」

「でも、ごくわずかなんで、櫻子さんもついてきてもらえます？」

「もちろんです！」

勢い込んで頷いた。櫻子が役に立てるならなんだってやるつもりだった。

「静馬さま、よろしいですか？」

くるっと静馬の方を向く。彼は無表情のまま、櫻子の肩を抱いて自分の方へ引き寄せた。

「……ああ。櫻子は僕のそばから離れないように」

「いや、俺の近くにいてもらわないとたどりづらいんですけど」

「あの、では、三人一緒ということで」

櫻子は気が急いて、なんだかよくわからない着地点を提案した。

不機嫌そうな静馬が櫻子の肩に手を置き、耳元に囁きかける。

「直に鞍田には触れないように」

ハッとする。櫻子の「無能」の性質を考えると、鞍田に直接触った瞬間に匂いをたどれなくなってしまうだろう。危ないところだった。

秘密めいて視線を交わす二人に、鞍田がわざとらしく肩をすくめた。

「俺、櫻子さんに何か思うところがあるわけではないんで、安心してくださいよね」

「あの、何か妙な誤解が生まれてしまったのでは？」

「構わない。別に誤解でもない」

素っ気なく言う静馬に、開いた口が塞がらないのは櫻子だ。無意味に前髪をいじるなどして、「そ、そうなのですね……」と独りごつ。

静馬は自分の机から軍帽を取り上げ、目深《まぶか》に被った。

「では、各自仕事に取りかかれ」

鞍田と井上の顔つきが変わる。参謀局精鋭の力を発揮するときだった。


鞍田が異能で導いた先は、海辺の寂れた倉庫街だった。

すっかり陽は落ち、海面は黒々と広がるばかり。ときどき、波が岸に寄せては引いていく音が辺りに響いていた。

灯りもない道を軍務局の三人はすたすたと歩いていく。櫻子は差し出された静馬の腕を掴んで、なんとかついていっていた。

「……あそこです」

ふいに鞍田が足を止め、立ち並ぶ倉庫の一つを指差した。ほかのものよりは少し大きいかもしれないが、言われなければ素通りしてしまうようななんの変哲《へんてつ》もない造りだった。

この倉庫街は区画が高い鉄柵で区切られていて、鞍田の指先にあるのも柵の内側に並ぶ一つだった。鉄柵の入り口には鎖が巻かれ、大きな錠《じょう》がかかっている。どうするのかと思っていると、静馬が顎で指し示した。

「井上、やれ」

「おう任せな」

井上がニヤリと笑い、錠に手をかける。何が起こるのかどきどきして見守っていると、静馬が後ろから櫻子の両目を片手で覆った。

「あ、井上さまの異能は内緒でしたか……？」

「いや、目が灼《や》けるから」

「目が」

ジュッという音がしたかと思うと、静馬の手のひら越しにも明るい光が輝いたのがわかった。鉄くさい臭いが辺りに漂う。

「うん、もういい」

「え……？」

手のひらが外される。井上の足下に、真っ赤に焼けて溶けた鎖と錠が一つの塊になっているのが見えた。

櫻子は目を丸く開き、両手を口に被せる。

「井上さまの異能ですか」

「ええ。一度触れたものはなんでも燃焼させることができます。燃焼系の異能持ちは派手になんでも燃やしたがりますが、使いようによっては侵入にも役立つ。こういう繊細さが、女性にもてる秘訣《ひけつ》ですよ」

「まあ、そうなんですか……そうなんですか？」

「僕に聞くな……」

見上げた先で静馬が眉間を押さえる。その隣で鞍田が「あ」と声を上げた。

銀砂《ぎんさ》を撒《ま》いたような夜空を横切って、一羽の尾の長い鳥がこちらへ飛んでくるところだった。

「青鳥です」

「とは……？」

「軍で生み出した通信手段です。宛先人を探してどこまでも飛んでいって、メッセージを届けてくれる。精神感応系の異能を使ってるみたいですね」

鞍田が説明してくれている間に、青鳥は静馬の伸ばした腕に下りていた。静馬は目を伏せていたかと思うと、短く頷いた。

「総員、配置についたようだ」

「りょーかいです。櫻子さん、どうします？　軍務局のほかの隊員も、別の場所に待機中です。みんな一斉に突入しますから乱戦です。ここで待っていた方がいいんじゃないですか」

きっと倉庫内に入っても足を引っ張るだけだろう。待っている、と言おうとしたとき、静馬が端的に告げた。

「ここで待つ方が危険だろう。倉庫内では僕が守るからさして危険はない」

静かな、けれど意志を秘めた眼差しに、櫻子は思わず姿勢を正す。

「は、はいっ。では、ご一緒いたします」

答える声がうわずる。井上と鞍田が顔を合わせ、意味深な視線を交わしていたことに、櫻子は気づかなかった。


突入の合図は青鳥によってなされるとのことだった。

四人は倉庫の入り口まで移動していた。そこで、青鳥が長い尾を翻し、静馬の腕から夜空に向かって飛び立つのを見送る。

その数秒後。

ぱん、と軽い音がして、青鳥が火花に姿を変えた。金や銀の光の粉を空中に撒き散らし、すぐに夜闇に消えていく。

「――突入」

静馬の声とともに、井上が倉庫の扉を蹴破る。鬨《とき》の声が上がり、ほかの扉や窓からも軍装の者たちが倉庫内に突入するのが見えた。

静馬の後ろに隠れながら、櫻子はうろたえる。

「青鳥は生き物ではないのですか」

「通信手段と言ったじゃないですかー。あれも異能で作られてるらしいですよ」

「異能ってすごいのですね……」

隣を走る鞍田に言われて、感心するしかできなかった。

三人についていきながら、櫻子は倉庫内を見回す。倉庫らしくいたるところに荷箱が積まれているが、中央には広く空間が取られていて、そこに銃火器が山になっていた。それを囲むようにシャツにズボン姿の男たちが十名ほど。彼らが誘拐犯だろう。突入してきた軍務局の隊員と乱闘になっている。

銃で応戦する誘拐犯たちに対し、隊員は異能を使って対抗していた。電撃が落ちたり、氷柱が突き立ったりしている。誰かが井上に怒鳴られていた。「馬鹿野郎！　こんな狭いところで火を使うやつがあるか！」

静馬がわずかに指を動かすだけで荷箱がひっくり返り、中の荷が辺りを飛び交う。こぼれ出た縄がひとりでに動いて、誘拐犯の体に巻きついた。同時にこちらに銃口を向けていた誘拐犯の手元で、銃がバラバラに分解されていく。これも静馬の異能だろう。

怒号と罵声で耳が割れそうだ。その中で、荷箱の上に乗った一人の男が誘拐犯たちに指示を出している声が飛び込んできた。

「さっさと逃げるぞ！　畜生、異能者どもを日本に輸出して儲けてたのにな！」

それを聞いて櫻子は思わず足を止める。「日本に……？」という独言《どくげん》に、静馬がちらと振り向いたのが察せられた。

いや、今はそんなことを考えている場合ではない、と物思いを振り払う。

どこにも被害者の姿がないのだ。探し出さなくては。

「鞍田さん！　千鶴さんたちはどこですか!?」

声を張り上げて鞍田に聞く。彼は顔をしかめ、鼻をうごめかせていた。

「おっかしいな、絶対にここなんですけど」

「二階とか？」

「もしくは地下か」

鞍田が櫻子の腕を引っ掴み鼻を近づける。それからすばやく床に視線を巡らせ、

「あっちです！」と叫んで乱闘から少し離れた隅の方へ駆けていった。腕を掴まれているので、櫻子も一緒になってついていく。

「ここです！」

彼が指差す混凝土《コンクリート》の床はほかと変わらないように思える。だがよく目を凝らすと、指を引っかけるくぼみがあるのがわかった。

「隠し部屋というわけですね」

紬の裾が乱れるのも構わず、櫻子はくぼみに手をかけ鞍田と力を合わせて一息に引き上げた。見た目よりもずっと軽く、開け放つと同時に後ろにたたらを踏んでしまう。

「あっ！」

鞍田が床下を凝視する。櫻子も慌ててそちらに視線を向けた。

そこは暗い小部屋のようになっていて、不安げな顔をした子供や女性が身を寄せ合っていた。その顔を一つ一つ確認して、櫻子は声を上げる。

「千鶴さん！」

千鶴は腕に小さな女の子を抱き、気丈な面持ちで上を見上げていた。髪が乱れ、顔色が悪いが大きな怪我をしているわけではなさそうだ。安堵したように息を吐き、こちらへ向かって手を振る。

「櫻子ちゃん、助けに来てくれたのね！」

「私だけではありません。軍務局の皆さまも一緒です」

千鶴の顔を見て、無性《むしょう》にほっとする。目元が熱くなるのを堪えながら、被害者たちが小部屋から出るのを手伝った。全員合わせると二十人ほど。その憔悴《しょうすい》しきった様子を見て、胸が苦しくなった。どれほど辛く、怖かっただろう。「もう大丈夫ですからね」と最後に出てきた少年に声をかける。擦り切れたシャツにズボン姿の少年は、吊り上がり気味の瞳に涙を浮かべると、ぎゅっと抱きついてきた。櫻子も抱き返す。

「櫻子さん、被害者を安全な場所に避難させます。手伝ってもらえます？」

「ええ、もちろんです」

鞍田の問いかけに迷いなく首肯する。千鶴もやって来て、話の輪に加わった。今日は洋装で、青磁《せいじ》色に千鳥柄のワンピース姿だ。スカートの裾を整えながら、

「私にもやらせて。この状況じゃ、私の異能は大して役に立たないだろうけど」

耳を示し、苦笑する。

「もううるさくて頭が割れそうよ。閉じ込められているときは良かったのだけれど。今聞こえるのなんて――え？」

千鶴がざっと青ざめ、すばやく背後を振り返る。そこには積み上げられた荷箱。その影に身をひそめるように、一人の女が膝をついていた。犯人の一味だ、と櫻子は身構える。女は三白眼《さんぱくがん》でこちらを――櫻子にしがみつく少年を睨んでいる。少年が引き寄せられるように女の方を振り向いた。

女の口が動く。「やれ」と言ったように視界に映る。

――やれ？　誰に？　何を？

疑問に思ったとき、顎の下に冷たくて硬いものが当たった。

銃口だった。

櫻子に抱きついていた、被害者のはずの少年が、いつのまにか拳銃を握っている。

その銃口は櫻子の顎の下に押しつけられ、過《あやま》たず狙いを定めている。櫻子の頭を撃ち抜こうとして。

避けられるはずもない、櫻子はまだ少年を抱きしめていて、その腕の中で、少年は櫻子の脳天を穿《うが》とうとしているのだから。

引き金に少年の指がかかる。

千鶴がこちらへ腕を伸ばしている。鞍田が何か叫んでいる。紗の幕で隔てられたように、上手く音を拾えない。

何もかもがやけにゆっくり見えて、櫻子は驚いた。走馬灯というのかしら、とどこかのんびり考える。

自分の終わりとこんなところで出逢うなんて、思ってもみなかった。

ほんの少し前まで櫻子は相良家にいて、そこで人生を終えるのだと信じて疑っていなかった。

狭い蔵で寝起きして、母と妹に使用人のようにこき使われて、足蹴《あしげ》にされて。

どこか遠くへ行きたいなんて夢見ていたけれど。結局、ここまで来られたのだ。

引き金が引き絞られる。

櫻子は微笑んだ。だいたい満足だった。静馬と出会って、綺麗なものを見て、美味しいものを食べて、さらには千鶴を助けられて。

無能の櫻子には、夢のような幸福でした。そういうことならば、仕方がありません。

――ああ、でも。

衝撃を予想し、強く目を閉じる。

――本当は、もう少しだけ。

銃口が顎を上向かせる。

――静馬さまのおそばにいたかったな。


覚悟していた衝撃は、なかなかやって来ない。

櫻子はうっすらと瞼を上げた。途端、生温い液体が顔に飛び散って、腕の中が軽くなる。

抱きついていたはずの少年が、見えない力で壁際に吹き飛ばされていた。両腕が妙な角度に捻じ曲がって血を流し、銃を取り落としている。

「……え……？」

呆然と声を漏らすと、靴の踵を鳴らして誰かが近づいてきた。辺りは騒然としているはずなのに、なぜだかその足音はよく聞こえた。

錆びついたような首をもたげて、足音の方へ顔を向ける。

見たこともないほど冷たい笑みを浮かべた静馬が、悠然《ゆうぜん》とした足取りでこちらへ歩いてくるところだった。

建物の中のはずなのに、風が巻き起こる。倉庫の屋根がギシギシと悲鳴を上げる。急に気温が下がって、壁に霜《しも》が降り始めた。倉庫のほかの場所で戦っていた人々も異変に気づき、その場に立ち尽くすか逃げ出すかし始める。

変異の中心にいるのは静馬だ。白銀の髪が風に乱れ、血の色をした瞳は笑っていない。だが唇だけに浮かべた薄笑みは、ぞっとするほど美しい。吐く息が白く凍りついても、靴が霜柱を踏みつけても、歩みには少しの淀《よど》みもない。そうして、戦場に似つかわしくない優雅さで、指揮者のように手を振り上げた。

ぽかんとしている櫻子の袖を、後ろから引くものがあった。

「櫻子ちゃん、今のうちにこちらへ」

「櫻子さん、ここから先は洒落《しゃれ》にならないですから」

千鶴と鞍田だ。無事だったのだ、と安堵の胸を撫で下ろす。

「いやもうそれどころじゃないから、早く避難してください！」

悲鳴じみた鞍田の声は震えている。

しかし櫻子は毅然《きぜん》と首を横に振った。予感があった。

「お二人だけ避難されてください、私はここにいます」

「本気ですか!?」

「本当に危ないのよ」

千鶴はもう泣きそうな顔で櫻子の袖にすがっている。鞍田がそれを引き剥《は》がし、千鶴だけでも安全な場所へ避難させようとした。助かりました、と櫻子は呟く。自分のわがままで二人を危険に晒したくなかった。

静馬の背後に、氷でできた槍のようなものがいくつも浮いていた。たぶん、そういう異能なのだろう。あれで貫かれれば人は死ぬ。

その矛先は壁際で苦しむ少年にぴたりと向けられる。

少年を見る静馬の瞳はどこまでも冷徹で残酷で、物語の悪魔とか魔王とか、そういうものに似ていた。人間の条理《じょうり》では計れない、天上の怪物。

風はますます強くうねり、櫻子の髪も舞い上がる。メリメリと音がして倉庫の屋根がめくれ上がった。照明が落ちて周りは闇に包まれる。倉庫内に恐怖の叫びが満ちた。

頭上には満天の星。それだけで櫻子には十分だった。だてに相良家で月明かりを頼りに夜な夜な本を読んでいなかったのだ。静馬の姿がよく見えた。

彼の長い腕が振り下ろされる。それに導かれるように、氷の槍が一糸乱れず少年へ殺到《さっとう》する。

櫻子は一度も顔を背《そむ》けず、その軌跡を見つめていた。

星影の下、たぶんどこかで、静馬と目が合った。

槍の突き刺さる鈍い音がこだまする。怯えを湛えた、千鶴の悲鳴が響いた。

辺りがざわめき、どこかで赤々とした炎が灯った。松明《たいまつ》を持った井上がこちらへ駆け寄ってくるところだった。ほかにも準備をしていたのか燃焼系の異能を持つ者たちが、明かりを手に集まってきた。

その明るさが、暗闇の中に少年の姿を浮かび上がらせる。

氷の槍は少年の服だけを貫き、その場に縫いとめていた。

どこからともなく、安心した吐息が漏らされた。

松明の炎に照らされる静馬の横顔には不吉な陰影が揺らめいていて、その感情は窺い知れない。

櫻子の後ろで、微《かす》かなささめきが聞こえた。

「ああ、よかった……こういうところが、少し恐ろしいの」

振り向きそうになるのをぐっと堪える。それは千鶴の声だった。誰に聞かせようとしたのでもない響きだったから、たまたま近くにいた櫻子の耳にしか届かなかっただろうから——静馬に聞こえていないのなら、それで良かった。ちくりと刺さった胸の痛みは一人で抱えようと、そう決めた。

その後、静馬が場の収拾《しゅうしゅう》を取り行うため、櫻子は一人で別邸に帰ることになった。

「櫻子ちゃん、大丈夫？　顔色が悪いわ。私と一緒に本邸に帰りましょう？」

千鶴はそう声をかけてくれたけれど、

「いえ、大丈夫です。お気遣いありがとうございます」

櫻子は微笑《わら》って首を振った。一人になって色々と考えたかった。ただ別れ際、リボンを返してもらうのだけは忘れなかった。

迎えの車に乗っても、曲がり角で見えなくなるまで窓から手を振る千鶴に、櫻子も手を振り返す。何はともあれ、千鶴が無事で本当に良かった。

「えっと……櫻子さん、本当に平気ですか？　俺……は無理でも、誰かに送らせますけど——」

鞍田も気遣わしげに言ってくれた。彼の方がよほど青い顔をしていた。

それも断って、櫻子は一人で倉庫街を歩き、電車に乗って別邸へ戻った。

暗い屋敷の中、一つ一つ洋燈をつけて歩き回る。そうしていると、やっぱりここへ帰ってきて良かったな、と思えた。たぶん静馬は、明かりをつけるなんてことをしないから。

寝支度を整え、静馬の寝室で待つ。なんとなく、髪にはリボンをかけたままにした。丸テーブルに頬杖をつき、行儀悪く足をぶらぶらさせる。

いつも異能力の発散のために、静馬と囲んでいるテーブルだ。それが今夜は広く感じられた。

目を閉じると、色々な光景が浮かんでは消える。千鶴を待っていた時計台、井上に連れられていった軍務局、そして倉庫……。今日はたくさんのことが起こりすぎた。

眠気が櫻子の意識をとらえる。

――寝室の扉が開く音で、櫻子は目を覚ました。

扉の横で、静馬が立ち尽くしていた。まだ軍服姿で、髪が乱れている。疲れた表情を浮かべていた。

頬杖をついたまま眠り込んでいた櫻子は、ガタンと椅子を鳴らして立ち上がった。

そのまま何も言えず、彼を見つめる。

静馬が視線をそらし、ぎこちなく微笑んだ。

「……待っていてくれたのか。今日は異能力の発散は必要ない。誘拐犯の制圧でだいぶ消費したから。だから今からでも本邸に行った方がいい。その方がゆっくり休めるだろう」

「い、いやです」

一歩足を踏み出して、静馬の前に立った。彼は櫻子よりもずいぶん背が高いのだ。顔をそらされると、目を合わせることもできなかった。

「静馬さまが帰ってきて、一人で過ごされるのが嫌だったので、私はここへ帰ってまいりました。お邪魔でなければ、ここにいます」

「邪魔ではないよ。……櫻子はあのとき、逃げ出すこともできなかっただろう。怖かったんじゃないか？　無理に僕のそばにいる必要はない」

静馬は目を背けたままだった。それが何より、櫻子の胸を苦しくさせた。

「違います。私は私の意志で、あの場にとどまっていました」

「嘘をつかないでいい。恐ろしいと思うのは当たり前だ。あんな経験、櫻子はしたことがないだろうから」

優しげな口調が、ますます櫻子の息を詰まらせる。どうして伝わらないのだろう。もどかしくてたまらない。目を見てもらえればきっとわかるのに。

櫻子は精いっぱい、声を張り上げた。

「嘘ではありません！」

それは思ったよりも大きく寝室に響き渡った。残響《ざんきょう》が壁に跳ね返る。櫻子自身がびっくりしてぱちぱちと瞬く。こんな大声を出すことはめったにない。誰にも話を聞いてもらえなかったし、伝えたいこともなかったから。

静馬も驚いたように櫻子を見下ろした。だがやがて顔を歪め、苛立たしげに髪をぐしゃりと掴む。乱れ落ちた前髪の隙間から、冷然と櫻子を睨み据えた。

「……正気か」

地獄の底から鳴り渡るような、低く轟《とどろ》く声音だった。櫻子がきっぱり頷くと、大きく息を吸い込み激しい口調で言い立てる。

「倉庫での有り様を見ただろう。あれが僕の本性だ。さっさと逃げろ。僕は今日、あしたことを一切後悔していない。これからも必要なら異能を振るうし、罪悪感も覚えない。同じことがあれば、何度だって同じようにするぞ。だいたい、なんであんな危ない場所にとどまっていたんだ。櫻子は死ぬところだったんだぞ！　僕は強いんだから櫻子が見ている必要はない。早く安全な場所へ避難しろ！」

だんだん口調は熱を帯び、言い終えた静馬は息を荒らげていた。それを静かに仰ぎ見て、櫻子は口を開いた。

「……でも、私は静馬さまに守っていただきました」

静馬が嘲笑うように唇を歪める。

「あのとき、櫻子のそばから犯人は離れていた。守るというならあれ以上何かをする必要なんてなかった。犯人の無力化は済んでいたし、脅す必要も拘束する必要もない。異能を思うまま振るったのは——それが僕の本質だからだ。櫻子を傷つけられそうで頭に血が上った。君だって見ていただろう」

そう、櫻子は一部始終を見ていた。きっと誰よりも近い場所で、何一つ逃さずこの目に収めた。

だから、答える声は震えなかった。

「ええ、見ておりました。結局、静馬さまがあの少年の服を貫くにとどめたところを。初めからあの槍は少年の体を狙ってはいなかった。だから私はずっと黙って見ていられたのです」

静馬が虚を衝かれたように黙り込む。紅緋の瞳が微かに揺れた。

「……なんだって？」

「もし静馬さまが本当に少年を射抜こうとするなら、私はあの場から飛び出して、静馬さまの異能を無効化しようと思っておりました。そんなことをしてほしくはなかったから。だから私はあの場から逃げなかったのです」

櫻子はずっと槍の切っ先を見定めていた。それが迷うように行き来して、結局少年の体には傷一つつけなかったのを。

静馬が冷酷な一面を持っていることは事実だろう。櫻子には優しくても、ほかの誰に対してもそうであるとは限らない。

だが櫻子だって、誰が相手でも親切にできるわけではない。崖から落ちるところをきっと助けられない、と思う人間はいる。具体的には三人ほど。それが血のつながった家族なのだから、静馬より性質《たち》が悪いとも言える。

「誰にだって、良いところと悪いところがあります。でも、どんな迷いがあっても、最後に善い道を選べたら――それは輝かしいことだと、私はそう信じたいです」

静馬はもう言葉も出ない様子だった。偉そうなことを言うやつだと呆れられてしまっただろうか。

でも、紛れもない櫻子の本心だった。

あのとき激しい怒りを抱えながらも最後には正しい道を選んだ静馬の姿を、確かに星より眩しいと思ったのだから。

それにもう一つ、言い忘れていたことがあって付け加える。

「あと、私が死ぬところだったのはそうですが……それは弁明の余地がないのですが……」

「……そこは弁明してくれ。死ぬつもりはなかったがうっかりしていたとか。受け入れるな」

脱力したように言う静馬に、櫻子はホッと眉尻を下げた。

「……はい、善処《ぜんしょ》いたします」

「やっぱり何も理解していないだろう」

静馬がそばに近寄ってきて腕を差し伸べた。なんだろうと思っているうちに強く抱きすくめられる。

その腕に込められた力は痛いくらいで。

まるで決して離さないと言われているようで眩暈がする。

耳朶のそばで、切羽詰まった声で囁かれた。

「……頼むから、ずっと僕のそばにいろ。——もう手放せないんだ。誰に譲ってやるつもりもない。櫻子がほかの誰かを選ぼうと関係ない。それでほかならぬ君を傷つけることになっても、だ」

静馬の腕の中、訝しげに櫻子は首をかしげる。そんなところは全然想像もつかなかった。

「静馬さまのなさることで傷つくなんて、考えられません」

「僕を信用しすぎだ。今からだって、ひどいことをしようと思っているのに」

「どんなふうに、ですか？」

「……あの倉庫で聞いていたと思うが」

静馬は抑えた口調で切り出した。

「あの誘拐犯たちは日本からやって来ていて、異能者を日本へ輸出しようとしていた。日本は別に、心優しい人々の住む楽園じゃない。善人も悪人も住む、ごく普通の国にすぎない」

櫻子は黙りこくった。目をそらすことを許さないとでもいうように、静馬は櫻子の頬を両の手のひらで押し包む。触れれば切れてしまいそうな光を宿した双眸で、強く見据えられた。

「わざわざ憧れるような場所じゃない。だからもう——櫻子の行く場所はどこにもない」

かつて夢見ていた理想郷。この世全ての輝くものが存在して、たった一つ、異能だけがない国。

黄金の壁だとか、瑠璃の川だとか、不老不死だとか。櫻子はずっと、それだけを導きの星と仰いでいた。

けれどそんなものはどこにもない。

最初からずっと——櫻子の頭の中にしか存在しなかったのだ。

どうしてか、思ったよりも衝撃は少なかった。

かつて深雪に、日本に関する資料を燃やされたときのことを思い出す。櫻子は炎の前に身を投げ出し、資料と一緒に灰になってもいいと思った。あのときは心の底からそう願っていた。制止が入らずにあのまま焼かれても本望だったのだ。

だけれど、今の櫻子にはもはやできない、と遠く思う。

彼女はもう、偽物の星を探さない。その光を標《しるべ》として歩くことはもうできない。

ただその光がつないだ先で――出会いたい人と出会ったのだ。

だから一度だけ緩く首を振って、なんでもないように笑ってみせた。

「良いのです。それが普通の国だというのなら、この足で行くこともできるでしょう。それなら私は静馬さまと日本に――いいえ、どこにだって、一緒に行きたいです」

許される限りはどこまでだってついていきたかった。櫻子ができることはあまりにも少ないし、足も遅いから、たぶん置いて行かれてしまうけれど。

微笑う櫻子を前にして、静馬が苦しげに呻く。

「……一体、どこまで……」

静馬の手のひらが後頭部に滑り、そっと顔を上向かせられる。

苦しげに細められた瞳が近づいてきて――櫻子のもとに、羽根の落ちるように確信が触れた。

今が目を閉じるべきときなのだと。

ゆっくりと瞼を下ろす。薄く唇が開いた。すぐ近くで、静馬が硬く息を詰める。

迷いは刹那。

そのまま顔が寄せられ、唇が触れ合う。

伝えられる優しい熱は生まれて初めて感じるものだった。心臓は早鐘を打っているのに足からは力が抜けてしまい、静馬に腰を引き寄せられる。それでいっそう深く吐息が交わった。櫻子はもう何も考えられなくなって、ただぷるぷると震える手で静馬の腕を掴んでいた。唇が軽く触れたまま、くす、と笑われる。

「震えている。……本当に可愛いな」

何も答えられなくて、ますます強く目を閉じる。静馬は機嫌良さそうに吐息だけで低く笑う。何度も唇を啄《ついば》まれたあと、名残惜しそうに気配が離れていった。

すっかり固まってしまった瞼をこじ開ける。すぐそばで静馬が甘く笑んでいた。櫻子の赤くなった頬を撫で、堪えきれないというように熱に蕩《とろ》ける声で囁く。

「許してくれ。――僕は君を愛している」

その言葉に、櫻子は息を止めた。

――愛していると、彼はそう言ったのか。

それは生まれて初めて櫻子に向けられる感情だった。嬉しいだとか照れくさいだとかそれよりも先に。

――愛？

疑問符が、彼女の頭の中を渦巻いた。

第四章

それからしばらく、櫻子は気もそぞろだった。

今までの人生で、愛なんて受けたことがない。櫻子に向けられるのは悪罵《あくば》、軽蔑《けいべつ》、無関心のみで、そんな温かなものを差し出してくれる人はいなかった。

(嫌、とか、困る、というわけではないのだけれど……)

櫻子ごときがそんなことを思うだなんておこがましいとは理解しているが。

ただ胸の底をくすぐられるような、そわりとした感覚がある。どれだけ罵られても、殴られても心は凍てついたように動かなかったのに、こんなことは生まれて初めてだ。

夜はなんだか寝つけなかったり、そのせいで寝すごしてしまったり、料理に失敗してしまったりした。静馬のお弁当に入れるはずだった秋鮭の照り焼きを焦がしたのは本当に落ち込んだ。静馬自身は朗らかに笑って、平気で食べてくれたけれど。

そんなふうに挙動不審になっている櫻子を見て、静馬は不機嫌になる――というわけでもなく、むしろご機嫌だった。戸惑っている櫻子を眺めるのが楽しいらしい。静馬さまは実は意地悪なのかもしれないわ、と余裕そうな彼がほんの少しだけ恨めしい。

それだから、夜会用のドレスを買いに行くという話が出たときには、心臓が口から飛び出るかと思った。

「夜会のことは前にも話していただろう？　そろそろ買い物に行こうと思って」

「あ、ええ、そう、でしたね」

「何か気になることが？」

就寝前、静馬の寝室にて。二人は温かなカミツレ茶を飲みながら、丸テーブルを挟んで話し込んでいた。

最近は、異能力の発散が終わっても、しばらく彼の寝室にとどまることが多い。櫻子が自室に帰ろうとするのを静馬が引き止めるのだ。櫻子もなぜだか戻り難くて、言葉に甘えてずるずると居座っている。

静馬はテーブルに肘をついて櫻子を差し仰いでいる。その瞳に洋燈の光が星屑《ほしくず》のように映り込んでいて、思わず見入ってしまった。

「……そうまじまじ見つめられると、照れるんだが……」

「えっ、あ、ごめんなさい」

焦ってパッと視線をそらした。不躾にすぎた振る舞いだった。

静馬が身を乗り出してくる。からかうような笑みが目元に漂っていた。

「気になるならもっと近くに来るといい」

「えっえっ、あの、それはちょっと……」

「僕に近寄られるのは嫌か？」

「そ、そうではないのですが……」

困り果てて涙目になる櫻子に、静馬は肩を揺すって身を引いた。本当にからかっていただけらしい。そういうのはもう少し、心の準備ができてからにしてほしい、と思いかけてハッとする。心の準備ってなんの？　それが整ったらどうなるの？

櫻子は注意深く口を開けた。

「あの、静馬さまは……何か、私にしてほしいことは……ございますか？」

カップを口元に運んでいた静馬は、意外そうに片眉を上げた。

「特にないが。強いていうなら明日の献立は洋食がいい」

「は、はい！　お任せください。張り切って作ります」

両手をぐっと握りしめる。最近は冷え込むことも多くなってきたから、南瓜《かぼちゃ》のポタージュなどいいかしら、パンもたくさん焼こうかしらとあれこれ思い浮かべる。

そんな櫻子に対し、静馬が首を傾けた。

「だが、本当はそんな答えを期待していたわけではないだろう？」

前髪が目元にかぶさって、彼の目の色が読み取れなくなる。それをちょっと残念に思いながら、櫻子はうつむいた。

カップを両手で包み込み、その澄んだ黄金色の水面を見つめる。

それから意を決して顔を上げた。

「その……私には、よくわかりませんが……渡したものと同じだけのものを返してほしい、とは思いませんか」

手のひらに汗が滲んでカップが滑る。櫻子はずっと気になっていた。静馬は櫻子を愛しているという。なら、その先は？

静馬は顎に手をやり、長いまつ毛を伏せた。深く考え込むように口を閉ざして、テーブルの上に置かれた自分のカップから立ち昇る湯気の動きを視線でたどる。

「――それは答えたくない」

「え？」

静馬は何かを見定めるように眼を細めた。

「僕は君が思うより欲深い男だ。慈悲《じひ》はいらない。中途半端な慰みを与えられるくらいなら、何もかもを奪った方がいい」

謎かけのような言い回しを懸命に噛み砕こうとし、天井を向き、床を向き、左右に首を振って、櫻子は諦めた。

「……つまり？」

静馬は楽しげに唇の端を吊り上げる。指を伸ばし、櫻子の顎の下をくすぐった。

「櫻子が気にすることは何もない。――それより夜会の話をしよう。櫻子とダンスを踊るのが楽しみだ」

「う。その、お稽古はしておりますので……足を踏まないくらいにはなんとか……」

「別に踏んでくれたって構わないけれどね」

「私が構います」

ダンスで失敗するさまが脳裏に浮かんで、口の中に苦い唾が湧いた。夜会には深雪たちも訪れるという。櫻子が馬鹿にされるだけならまったく構わない。けれど、静馬をそんな目には遭わせたくなかった。

櫻子のカップにさざなみが立った。カップを包んで小刻みに震える手に、静馬の手のひらがかぶさる。

「……もう一度言う。気にすることは何もない。櫻子はただ夜会を楽しんでいればいい。それに正直に伝えると、夜会での失敗程度、埋め合わせることは容易いかな」

「し、静馬さまなら確かに……？」

悪戯っぽい静馬の言葉は圧倒的な説得力を持っていて、櫻子は大きく頷いたのだった。

ドレスを買いにいくとなったのは、それから数日後のことだった。

霞《かすみ》がかったような青空の下、櫻子はスカートの裾をひらめかせる。梔子《くちなし》で染められた紗のワンピースは、風をはらんでふわりと膨らんだ。洋装など初めてなのでなんだか落ち着かない。三つ編みにした髪は七宝柄のリボンで外巻きにまとめている。

隣を歩く静馬は実に楽しそうにしていた。

「珍しい恰好だ。これからはもっと洋装を贈らせてもらおう」

「え、えっと、その、お手柔らかにお願いいたします……」

櫻子の手をとって熱心にかき口説くのでおおいに狼狽してしまう。

今まで与えられた着物は全て、もったいないのと仁王路家の関係者として粗末な衣《ころも》をまとうわけにはいかないのとで懸命に色々着ていたが、全てに袖を通すのにもそろそろ限界がきている。本当にお手柔らかにお願いしたかった。

そうしてたどり着いた至間國で一番大きな百貨店は、休日ともなると大混雑だった。しかし、櫻子が静馬に連れられてたどり着いたのは、落ち着いた雰囲気のサロンだ。柔らかな絨毯が足元に広がり、革張りのソファとローテーブルが、会話が聞こえないくらいの距離を保っていくつか置かれている。片側の壁面はガラス張りで、至間の街並みが見下ろせた。

「仁王路さま、お待ちしておりました。奥様のドレスですね。こちらに準備しております」

百貨店の制服を身につけた、銀縁眼鏡の礼儀正しい婦人が出迎える。目の前にはずらりとドレスが並んでいた。

櫻子には、美しい布とリボンとフリルの洪水《こうずい》にしか見えない。

（こ、この中から一つを選ぶなんて、私には無理だわ……）

気が遠くなっていると、婦人がつかつかと踵を鳴らして歩み寄ってきた。柔和《にゅうわ》に細めていた双眸をカッと見開き、眼鏡の奥の瞳をらんらんと輝かせている。なんだか危険な光に見えなくもない。が、静馬はいつものことだとでもいうように腕組みしているので、櫻子も退きそうな足で踏みとどまった。

婦人がずずいと身を乗り出す。櫻子の顔やら体やらを研究者のような目つきで矯《た》めつ眇《すが》めつしたあと、ふむ、と満足そうな息を吐き出した。眼鏡をくいと持ち上げ、満面の笑みを浮かべる。

「櫻子さまはお顔の造形が整っていて、目も綺麗でいらっしゃる。外つ国の童話の姫君は、雪のように白く、血のように赤く、黒檀の木のような黒髪でしたか。まさにそんな色彩ですわね。それにしても、せっかくの愛らしい顔立ちなのに少し表情が硬いのが玉に瑕《きず》ですわ。とはいえ、それも観賞ドールのようでまた一興《いっきょう》。手足もすらりとしていて……あらあらまあまあ、これは着せ替え甲斐がございますわね！　もっとドレスを持ってきますわ！」

怒涛《どとう》のように言い立てられて、櫻子は言葉の半分も頭に入ってこなかった。褒められているのか貶《けな》されているのかも判断がつかない。婦人の笑顔が獲物を前に舌舐めずりする悪魔の笑みに見えた。

サロンの奥に走って消えた婦人を見送り、静馬がおかしそうに笑う。怯える櫻子の背に触れた。

「大丈夫。彼女の審美眼《しんびがん》は確かなものだ。気に入りのものの前に出ると……少し様子がおかしくなるだけで。僕も毎回やられる」

「静馬さまなら着飾る方も楽しいでしょうね」

知らず唇の端がやわらぐ。彼ならどんな服も着こなせそうだし、似合いそうだ。

それを聞いて、静馬が櫻子と目を合わせる。

「ふぅん、なら、今度の夜会の礼服を櫻子が見立ててくれるか？」

「そ、それはちょっと私には難易度が高すぎるといいますか……見立てるのは献立がせいぜいと言いますか……」

「櫻子の料理は美味しいから、服だってできるだろう？」

「めめ、めちゃくちゃな理屈です。私は女性ものしか選んだことがございません！」

必死に言い繕いながらも、静馬が櫻子の選んだものを身につけると思うと心音《しんおん》が妙に高鳴った。ふと、頭のリボンに指先で触れる。

これを身につける櫻子を見て、静馬はどう思っているのだろう。

ちらりと静馬を上目遣いに見る。彼は穏やかな面差しで櫻子に視線を注いでいた。

「さあ！　ありったけのドレスを持ってまいりましたわ！」

なんとなく見つめ合っていると、婦人が腕に山ほどのドレスを抱えて現れた。櫻子は頬に朱を佩《は》いて顔を背ける。静馬がくっと喉を鳴らした。

（い、今はドレスに集中しなくては……！）

とはいえ、あらためて提示されたドレスの山に目が回る。全て一級品の生地で、仕立ても良いことしかわからない。困ったときは記憶に頼ろうと、夜会に行くという深雪のドレス選びを思い浮かべた。彼女は華やかな色合いの、目立つデザインのドレスが好きだった。だが、今の櫻子にそれを着こなせる自信はとうていない。かといって好みのイメージも湧いてこなかった。

（本当に、全然わからないわ……）

心の中で頭を抱えていると、隣の静馬が迷う様子もなくドレスを選び始めた。

流されるまま、薄ピンク色のリボンがたくさんついたフレアドレスに、シックな黒色のタイトドレス、スカートがふんわりと広がった、おとぎ話のお姫様のようなドレス……と着せ替え人形のように試着をこなす。静馬は試着室から出てきた櫻子の周りを回ってドレス一つ一つに丁寧に頷き、「どれも愛らしいな……」としごく真面目な顔つきで呟いていた。愛らしいのはドレスだ、と櫻子は必死に自分に言い聞かせる。でなければ顔を真っ赤にして、その場を逃げ出してしまいそうだった。

「――あ、これは」

渡されたドレスの一つに着替え、試着室の鏡に映った自分を確認して、櫻子は思わず口元をほころばせた。それは深い緋色の生地に、腰元に白銀のサテンのリボンがあしらわれた、上品なイブニングドレスだった。にこにこしたまま試着室の外に出ると、そこで待っていた静馬がどうかしたか、と目で尋ねる。その瞳を見返し、櫻子はますます笑みを深めた。

「いえ、このドレス、静馬さまの瞳の色と同じだと思って。今まで好きな色なんて考えたこともなかったのですが、最近は赤色が好きです。安心できるので……」

「安心？」

「はい、いつも私を見守ってくださる、とても安心できる瞳です」

「……そうか」

噛みしめるように静馬が呟く。そのあとに「もう少し警戒してほしいが……」とぼやいたのは、櫻子の耳には届かなかった。

櫻子は、再度鏡の中の自分と目を合わせる。

ついさっきまで、好みなんてさっぱり掴めなかった。けれど、このドレスを手にした瞬間、これが好きだ、と火花の散るように確信を持った。

その場でくるりとターンし、裾が花びらのように広がるのを確かめる。

別段変ではない……いや、似合っていると思う。きっと静馬のダンスの相手を務めるにも不足はないだろう。少なくとも、ドレスは。

櫻子は鏡越しに静馬に顔を向けて、迷わず言った。

「私、これが良いです。どうでしょう？」

「ああ、とても似合っている」

それで無事にドレスが決定した。


夜会の舞台となる迎賓館《げいひんかん》は、櫻子の想像よりもずっと立派な洋館だった。篝火《かがりび》が白亜《はくあ》の壁を照らし出し、夜でもその威容《いよう》を明らかにしている。

櫻子は緋色のドレスをまとい、アップにした髪にはリボンをかけている。胸元には小さな輝石のネックレスもきらめいていた。

隣に立つ静馬は一分の隙もないテールコートだ。大広間に一歩足を踏み入れた途端、周囲の人々が一斉に彼の方を振り向くのがわかった。特に女性陣の視線が熱い。

そんな静馬の隣に並んで自分はおかしくないだろうか、と櫻子は肩を丸めそうになる。だが、対する静馬は涼しい顔で、当然のように櫻子をエスコートした。

大広間の奥には、一段高い舞台が設られている。そこには緞帳が下りており、櫻子はオペラを観たときのことを思い出した。もしかして、何か催しがあるのだろうか。

櫻子の視線の先を見て取って、静馬が説明する。

「あれは御門の席だ。夜会が始まるとあの緞帳が上がって、御門の御麗姿《おれいし》が拝見できるというわけだ。残念だが観劇できるわけではない。それはまた今度行こう」

勘違いまで見通されていて、櫻子はうっと呻く。物恥ずかしくなって口早に応じた。

「ええと、確か、御門に最初にお声がけいただくのがとても名誉なことだとか。それでその夜の主役は決まったも同然だと」

「ああ。たいてい、伯爵家の長男が声をかけられる。兄上は幾度もその任を担っていたな」

「静馬さまは？」

「僕は面倒だから絶対に声をかけるなと言い含めてある」

静馬が心の底から苦々しげに顔をしかめる。それは貴い方への態度ではないのでは……？　と疑問に思った櫻子を遮るように、大きな声で呼びかけられた。

「いよーう静馬！　それに櫻子さんも」

聞き覚えのある声に、櫻子はびくっとした。静馬は眉間の皺をいっそう深く刻んでから、この上なく綺麗な愛想笑いを作ってみせる。

「こんばんは、井上殿」

振り向くと、礼服姿の井上が立っていた。人の良さそうな笑顔を浮かべ、静馬と櫻子を見比べている。

「なんだよそのご丁寧な挨拶は。櫻子さんの前だからって猫かぶりやがって。こいつはこういう裏表のあるやつですよ。気をつけてくださいね」

静馬をびしりと指差し、櫻子に向かって軽く笑いかける。静馬は井上の指をしっしと払い退けた。不躾、というよりも親しさから許される雑さのようだ。櫻子は慌ててドレスの裾を軽く引いて挨拶した。

「こんばんは、井上さま。いつぞやは大変お世話になりました」

「いえいえ、お礼を言うのはこちらの方です。キレた静馬をなだめるのは結構大変で、あの場に櫻子さんがいなかったらどうなっていたことか」

「余計なことを言うな」

静馬は苦虫を噛みつぶしたような表情だ。小首をかしげる櫻子に、井上はひそひそと囁く。

「あの日、櫻子さんが倉庫から帰ったあと、静馬は本当に脇目も振らずに後処理を済ませていたんですよ。早く帰って櫻子さんに会いたかったんでしょうね」

「聞こえてるぞ」

静馬が割り込み、羽虫を遠退けるような手つきで井上を追い払った。

「連れと来ているんだろう。早く戻れ」

「はいはい。夫婦のお邪魔はしませんよっと」

そう言って踵を返しかける井上を、「あの、井上さま、一つお伺いしたいことが」

と櫻子が呼び止めた。

不思議そうに足を止めて振り向く井上の顔を見上げ、声をひそめて問いかける。

「あのときの少年は、どうなりましたか……?」

井上が表情を曇らせ、静馬に視線を送る。静馬がかすかに顎を引くように頷いたのを確認し、口を開いた。

「あの少年は、現在入院中です」

「怪我を……?」

「いえ。だいぶ衰弱《すいじゃく》していましたが、体は快復に向かっています。それよりも心の方が傷ついているんですよ。救助された今も、誘拐犯を庇うような言動を繰り返すんです」

「それは……誘拐犯たちの異能なのですか?」

「いいえ、恐怖のせいですよ」

井上はサラリと答えた。

「少年はずいぶん長いこと誘拐犯に監禁されていたようです。その極限状況下で生き残るために、彼は犯人たちに忠実になるしかなかった。それが今も続いているんです」

櫻子は胸元で手を組み合わせる。

「そんな、ことが……? では、私を撃とうとしたのも」

「誘拐犯に命ぜられれば、彼には抗うという選択肢はなかったんですよ」

櫻子は言葉を失った。心臓が冷たい手で握りつぶされたように痛む。

——櫻子には、その感覚がわかってしまった。

どこにも逃げられない、居場所もない、ただ恐怖に支配される環境で、どう心が動くのか。

静馬が気遣わしげに口を開きかける。しかしその前に、井上がいかつい顔にニカッと笑みを浮かべた。

「そういう意味でも、櫻子さんが無事で本当によかった。もし櫻子さんが怪我を負っていれば、あの少年の心はより深く傷ついたでしょうからね」

「……そうだったら、少しは慰められる気がします」

櫻子は姿勢を正し、ほのかに笑ってみせた。静馬にも、自分は大丈夫だと伝えるように頷きかける。それを微笑ましげに見ていた井上が、ハッと人混みの方へ目を向け背中をびしりと伸ばした。

「に、仁王路大佐」

櫻子が振り返ると、静馬の兄である仁王路一臣が悠然とした歩みでやって来るところだった。

横で静馬も居住まいを正す。櫻子もさっとドレスの裾を払った。

こちらまでやって来た一臣が眉を上げて言った。

「歓談の邪魔をしてしまったか？　気になる話が聞こえてきたから、つい立ち寄ってしまった。あの大捕物では静馬がずいぶん奮闘したようだな。俺も兄として鼻が高い」

「いえ。兄上に気にかけていただくほどのものではありませんよ」

苦笑とともに応じた静馬に、一臣は肩を揺らして笑い声を上げる。

「何を言う。自分の弟の活躍を喜ばない兄がどこにいる。さすがは静馬だな。お前は昔から優秀だった。今や当主の俺よりも、陛下から篤く信任を受けて誇らしい限りだぞ。最近は良い妻を迎え、仲睦まじいようだしな」

「過分なお言葉です」

静馬は胸元に手を添え、折り目高に一礼した。一臣はそんな静馬の背を叩き、

「仰々《ぎょうぎょう》しいな。また本邸にも顔を見せてくれ。お前が来ると喜ぶものがたくさんいる」

そこで、別の男が一臣を呼びにきた。一臣は二言三言会話を交わすと、櫻子たちに目礼して
「向こうで呼ばれたようだ。失礼する」

肩で風を切るようにしてその場を去った。なんとはなしに、三人の体から力が抜ける。

「いや――……仁王路大佐、やっぱり迫力あるなー。あれで身体強化の異能持ちで、戦場じゃブンブン長刀振ってくるっていうんだからおっかないぜ」

ぼやくような井上の言葉に、静馬が咳払いした。

「井上、ここは誰が聞いてるとも知れない社交の場だ。口を慎め」

「おっと、それもそうだな。それでは櫻子さん、お元気でお過ごしください」

井上は櫻子に向かって一礼し、人混みの中に消えていく。

それと同時に、大広間の照明が絞られた。一条の白い光が壇上を指し示す。

夜会が始まるのだわ、と櫻子は光の示す方に体を向けた。

暗闇の中、光が丸く切り取った先で、するすると緞帳が上がっていく。その向こう、流麗な唐草文様の施された椅子に座した人影を見て、櫻子はあっと声を上げそうになった。

(あれは千鶴さんの息子さんだわ――――!)

大きな椅子にちょこんと座っているのは見間違えようもなくあのときの男の子だった。怪我をしていたときの心細そうな様子はなりをひそめて、今は貴人然としてゆったりと椅子に背を預けている。衣装はあのときのような、時代がかった純白の衣だった。

(え？　え？　千鶴さんの息子さんが御門？　事情があって離れて育てられているると

いうのはそういうこと？　でも御門は人間からは生まれないのではなかったの？）

狼狽する櫻子をさらに混乱の極地に突き落としたのは、御門の行動だった。

彼はすっくと立ち上がると、帯から垂らした管玉の飾りを涼やかに鳴らしながら、迷いのない足取りで櫻子の方へ歩いてきたのだ。

そうして櫻子の前で足を止め、よく観察すれば千鶴に似た射干玉の瞳で見上げてくる。

大広間の人々が息を呑んでこちらを見守っている。四方から突き刺さるような視線を肌に感じる。

櫻子は非礼に気づき、慌ててドレスの裾を摘み上げた。すらりと片足を引き頭を垂れる。稽古の通りに優雅なカーテシーを披露《ひろう》した。

頭の上で、面白がるような笑い声が弾けた。

「よいよい、そう畏まるな。櫻子は余の恩人なのだからな」

周囲を囲む人々がどよめいた。視界の端に、井上が面白そうに笑う顔や一臣の驚いた顔が映った。櫻子は真っ白に塗りつぶされた思考を辛うじて巡らせ、あわあわと答える。

「いえ、そのような大したことをしたわけでは……。お加減はその後いかがでしょうか？」

「おかげで全快だ。それにしても、そう奥ゆかしいことを言うものではないぞ？　寂しいからな。加えて、櫻子の功績で人買い組織が捕らえられ、余の民たちが守られた。これは間違いなく、其方《そなた》がいなければなし得なかったことだ。胸を張れ」

「そ、そんな……あれは軍務局の皆さまのお力があってこそのことですから」

自分はたまたまそこにいただけだ。鞍田や井上やほかの軍務局の面々——なにより静馬がいなければ、櫻子はとうに死んでいたし、攫われた人々を助けることも叶わなかった。

ふむ、と御門が小さな顔を傾ける。懐から檜扇を取り出し、ぱらりと開いた。

「静馬よ、其方の妻はなよやかなようでいて芯が通っているな」

「ええ。そこが得難く愛おしいので」

静馬は即答し、櫻子を自分の隣に引き寄せた。掴まれた肩の熱さにくらくらする。イブニングドレスは着物よりも生地が薄くて、触れる熱が直に伝わってくるようだった。

御門が檜扇で顔を隠し、大げさに泣き真似をしてみせる。

「うう、そんなふうに余から櫻子を遠ざけるようにして、ひどいぞ。余は櫻子を後宮に招いても良いと思うたのに」

「——陛下？」

その場に冷え冷えとした声が落ちた。目だけ上向けると、静馬が冴《さ》え凍《こお》る笑みを形作っている。抜き身の刃のような瞳だけがまったく笑っていない。

「ずいぶん『可愛らしい』ご冗談を仰る」

「ふん。ちょっと言ってみただけだ。櫻子にはもう断られているからな。な？」

急に話を振られうろたえる。しかしここでいう後宮とはすなわち、一人の男の寵愛を巡って女たちが争う戦場のことだろう。さすがに理解が追いついた。

櫻子は肩を抱く静馬の手に触れる。それから、しゃんと背筋を伸ばして答えた。

「はい。私は静馬さまに嫁いだ身ですから、陛下の後宮には行けません」

「まったく、二度も余を振るなど櫻子くらいだぞ」

苦笑ぎみの御門はぱちんと檜扇を閉じた。その先を櫻子に向け、静かに双眸を細める。

「だが一つ忠告しておく。すぎた謙遜《けんそん》はいらぬ傲慢《ごうまん》を呼び寄せる。櫻子はもう少し不遜になってもよいぞ」

それから、と御門が人差し指で櫻子を差し招いた。櫻子が腰を屈めると、内緒話をするように耳元に口を寄せる。

「――母上を助けてくれて、ありがとう」

それは至間國の長らしくない、いとけない口調で。櫻子はなんだか胸が温かくなって、「はい」と小さく頷いたのだった。

「まったく、あの方は何を考えているんだか……」

迎賓館のテラスにて。見知らぬ華族たちによる親しげな挨拶攻撃から避難するため、二人はテラスで夜風に当たっていた。緊張で火照《ほて》った体に、秋の涼しい風が心地よい。

櫻子はテラスの高欄《こうらん》に手を置いて夜空を仰いだ。

「まさか千鶴さんのお子さんが陛下だったなんて。御門は普通とは異なる生まれ方をするものだとすっかり信じ込んでおりました。悪戯っ子なのですね」

「その悪戯に振り回される周りは苦労しているけれどね……」

隣で静馬も高欄に肘をつく。天に浮かぶ満月の光がその白銀の髪を縁取り、淡く発光しているようだった。

「それにしても」

静馬が櫻子の頬に手を伸ばす。風に乱れた横髪を指先で整えながら、

「櫻子があああはっきり断ってくれるとは思わなかった。正直、嬉しかったよ」

人差し指で櫻子の頬から顎の輪郭をたどり、ふっと微笑む。触れられたところに血が集まるのを感じながら、櫻子は静馬を仰視《ぎょうし》した。

「どうしてです？　私は静馬さまの妻ですから、誰にどんなお招きを受けてもお断り

しますよ」

「……以前にも誘われたんだって？」

「はい。あのときは陛下だとは知りませんでしたから、変わった子だなあ、と思っていました」

当主会議の夏の日を呼び覚ます。あのときも娶ってやろう、と言われて断ったのだった。自分は結婚した身だから、娶るも何もないのだ、と考えた。ただそれだけだった。

今だって、櫻子の返事は変わらない。櫻子の立場も変わらない。

それでも今日断るときに、背筋が伸びたのは。肌に触れる熱を求めてしまったのは。

（私がそうしたかったから、だわ……）

「櫻子？」

静馬が怪訝そうに櫻子の顔を覗き込む。櫻子は何も言わず、ただ首を振ってはにかんだ。

「少し冷えてまいりました。そろそろ大広間へ戻りませんか？」

「……ああ。ダンスを踊らなくては帰れないからね。今夜のメインディッシュだ」

「せ、せめてお皿に乗れるように頑張ります……」

静馬にエスコートされながら戻った大広間では、楽団の演奏が始まっていた。ヴァイオリンの優美な調べが満ちている。着飾った男女が、あちらこちらで流れるように踊っていた。

「緊張しているな？」

「はい」

静馬の気遣わしげな声に、櫻子は表情をこわばらせて頷いた。

もちろん練習はしているが、人前で踊るのなんて初めてだ。周りの人々の優雅な動きを見ていると血の気が引いてくる。

きょろきょろと意味もなく辺りを見回したとき、櫻子の体が凍りついた。

人混みの中、一人の少女から目が離せない。その少女はめざとく櫻子を見つけ、愛らしい笑顔を浮かべてつかつかと歩いてきた。

「こんばんは、お姉さま」

「深雪……」

リボンとフリルがふんだんにあしらわれたドレスをまとって、優雅に一礼するのは相良深雪。正真正銘、櫻子の妹だ。

いつかの夢ではない。現実で、櫻子は深雪と相対している。

静馬が櫻子の肩を強く引き寄せる。完全に表情を消して深雪を見下ろした。

深雪はころころと笑い、鮮やかな鳥の羽根が飾られた扇子で口元を覆う。頬を染めて静馬を艶っぽく流し見た。

「うふふ、お姉さまはずいぶんと大切にされているのですね。羨ましいことですわ」

「……なんのつもりだ」

櫻子が口を開く前に静馬が応じる。今まで聞いたことのないような、激しい怒りを秘めた響きだった。

だが、深雪は堪えた様子もない。大きな瞳を潤ませ、櫻子の両手を痛いほど強く握りしめてきた。

「私、お姉さまにずっと謝りたかったのだわ。ごめんなさい、実家ではあんなひどいことをして……でも本気じゃなかったのよ、許してね？」

思ってもみなかったことを言われ、櫻子は喉が塞がったようになる。深雪は言葉を挟む隙も与えず続けた。

「それでね、相良家は今、お父さまが手を出した新事業に失敗して苦境にあえいでいるの。私の結婚持参金も出せないくらいに。そのせいで私には良い縁談が来ないのよ。お姉さまとお義兄さまの力で、金銭でも縁談でも、何か援助してくださいな」

「えっ……」

言い淀む櫻子に、深雪はずいと身を寄せる。目だけを嗜虐《しぎゃく》に光らせる笑顔で言った。

「ねえお姉さま、血のつながった家族を捨てるなんて薄情な真似、しないわよね？」

深雪が顔を覗き込んでくる。瞳孔《どうこう》が開いた深雪の瞳は、虚のように真っ黒に見えた。吸い込まれそうなほどに。

「やめろ」

静馬がすばやく背後に櫻子を庇う。険しい目つきで深雪を睨《ね》めつけた。

「家同士の話なら、それなりに筋を通してもらおう。当主が出てくる正式な場が用意されれば、こちらも応じるつもりはある」

「そんな固いことを言わないでくださいな。家族なのよ、私たち。助け合うのが当たり前じゃなくて？」

「これ以上、ここで話すことはない。お引き取り願おう」

ピシャリと撥《は》ねつけられ、さすがの深雪も深追いは無駄と悟ったのか。忌々《いまいま》しそうに舌打ちして踵を返す。その姿はすぐに見えなくなった。

「――櫻子、大丈夫か？」

優しく背を撫でられて、櫻子は我を取り戻した。自分がずいぶん浅く呼吸をしていたことに気づく。大きく深呼吸すると、やっと気分が楽になった。今さら体が震え出す。静馬に大切にされて、千鶴を助けて、少しはできることが増えたと思っていたのに。とんだ思い上がりだった。深雪に何も言えず、ただ庇われているだけで。そして何より、深雪の言うことに頷いてしまいそうな自分が嫌だった。「家族」という魔法の言葉を出され、流されてしまいそうな自分が。

静馬がそっと櫻子の手を取る。手の甲に、深雪の指の形がくっきりと赤く残っていた。

「大丈夫だ」

静馬の手の温もりに涙がこぼれそうになる。いけない、せっかくの化粧が崩れてしまう。

「そのうち君の父親から話し合いの場が設けられるだろうが、そのときには僕が話をつけてくる。櫻子は心配しなくていい」

「でも、静馬さまにばかりご負担を……」

「負担なものか」

静馬は櫻子を見つめ、きっぱり言った。

「櫻子と僕は家族だろう。ならば、助け合うのは当然だ」

それに、とつないだ手に視線を落とし、ぽつりと続ける。

「僕だけ見ていてくれれば、ほかは何も気にしなくていい」

「……えっ？」

櫻子の手を取ったまま、静馬がその場に優雅な仕草で膝をついた。指先に口づけを落とし、熱っぽい瞳で見上げる。

「……愛おしい方。よければ一曲、踊っていただけますか」

不思議なことに、静馬と目が合った瞬間、周囲から音が消えた。確かなのは指先に灯る熱だけで、さっきまでの動揺も不安も自己嫌悪も、すうっとほどけて消えていく。

「わ、私でよろしければ」

雲を踏むような足取りで、導かれるまま大広間の中央へ進んでいく。

周りの視線などちっとも気にならなかった。ただ目の前で微笑む静馬だけが大切だった。

やっと耳に届くようになったワルツの旋律《せんりつ》に合わせて、自然と体が動く。

やけに足が軽い。練習の成果だろうかと思いかけて気づく。静馬がリードしてくれているのだ。

「……今夜は本当に、楽しい夜にしようと思っていたんだ」

踊りながら静馬が囁く。櫻子をくるりとターンさせて、

「だが無粋《ぶすい》な横槍《よこやり》が入ったものだから、つい怒りが勝ってしまった」

イブニングドレスの緋色の裾が広がり、またひらりと足元に添う。絡んだ指の頼もしさを確かめる。

「今、楽しいです。静馬さまとこんなふうに踊れるなんて夢にも思いませんでした。――それになにより」

一度言葉を切って、何を言うべきか心の中で検める。伝えるなら今がふさわしいだろうと思えた。音楽に引かれるように静馬に体を寄せ、間近で微笑む。天井から吊り下がるシャンデリアの輝きがやけに眩かった。

「さっき家族と仰ってもらえて、とても嬉しかったのです。私はもう持ちきれないほどたくさんのものをいただいていて……どうお返ししたらいいのかわからないくらいに」

静馬が短く吐息を詰める。触れ合う指が力強く握りしめられた。

「……与えられているのは、こちらの方だ」

何かを懸命に押さえつけるような、激情をひそませた響きだった。櫻子はその言葉の意味がわからず、黙って仰ぎ見る。

「――言葉にするのは難しいが。美しい朝焼けを見たときに、櫻子にも見せたいと思う。美味しい料理を食べたときに、櫻子にも食べさせたいと思う。そういう君が隣にいる。ただそれだけのことが、僕を満たして仕方がない」

櫻子の足がもつれそうになった。さっと静馬に抱えられたところで、ふふ、と笑みが漏れる。静馬が驚いたように眉尻を上げた。

「なんだ？」

「いえ、なんだか嬉しくて。静馬さまのお心の中に、私の居場所ができたみたいで」

「そんなことか。……とっくにそうだよ。僕は君の思う数百倍、君にまいっている」

「えっ？」

率直《そっちょく》な言葉に、櫻子はうろうろと視線をさまよわせた。その耳元に静馬が低く声を吹き込む。吐息が耳朶に触れた。

「頼むから、あまり軽率《けいそつ》に僕を喜ばせるようなことを言わないでくれ。抑えが効かなくなる」

「ひぁっ……わざとやってますね？」

「お返しだ」

晴れやかに笑う静馬を半目で見つめ、櫻子はぽっぽっと顔を赤くした。けれど、ちっとも嫌な気分ではなかった。

ワルツの音色が終奏に向かうのを聞き届け、胸のうちでこっそり呟く。

（ええ本当に……楽しい夜でございました。私にはもったいないほどに）

ヴァイオリンの弦《げん》がもだえるように震え、優雅な余韻を残して終曲する。

櫻子は込み上げてきたものをぐっと飲み込み、淑女らしく微笑して、静馬の手を離した。

第五章

数日後、静馬の言う通り、相良家から招待状が届いた。相良家と仁王路家の今後の関係について話し合いたいとのことだった。

静馬は軍装だった。用心のため、腰には軍刀まで佩いている。

灰色の雲が垂れ込める空の下、玄関先にて不安げな面持ちで見送る櫻子に対し、静馬は優しく笑いかけた。

「そう心配することはない。金銭援助の代わりに、これきり櫻子や僕には関わらないことを約束させる。それだけ話してすぐに帰ってくるから」

「やはり私も……」

言いかけた櫻子の唇を、静馬の人差し指が柔らかくおさえた。身を屈め、言い聞かせるように櫻子と視線を合わせる。

「正直に言うとね、僕は自分の大事な人を下衆《げす》の前に晒すのは好まない。本当は閉じ込めておければ良いと思っているんだよ」

そう言って、静馬は櫻子の額に口づける。愛おしげな仕草とは裏腹に、唇は冷たかった。櫻子が驚いて動けないでいると、静馬は茶化すように肩をすくめてみせた。

「――冗談だ、怖がらないでくれ」

その響きの方がよほど切実に聞こえて、櫻子は呆然と立ち尽くす。思わず手を伸ばそうとしたところで、静馬は背を向けた。

「それでは、行ってくる」

櫻子の指先で、玄関の扉が閉ざされる。

――思いもよらぬ訪問者があったのは、そのすぐあとのことだった。


相良家の客間では、櫻子の父である庄太郎と母の紅葉、妹の深雪が膝を揃えて待ち構えていた。よく手入れされた庭が臨める和室で、開け放たれた障子窓から湿った風が流れ込んでくる。

「本日はお忙しいところを……」

「前置きはいい。早く用件を話してもらおう」

静馬は庄太郎の挨拶を遮った。櫻子の受けた仕打ちを知ったときから、彼はこの家族に一片の敬意も払うつもりもなかった。

傲慢とも言える静馬の態度に庄太郎の顔が一瞬歪む。しかし瞬時に笑顔を取り繕うとすぐに話を切り出した。

「実は、仁王路さまに櫻子をお返しいただきたく」

「――は？」

ドスの効いた静馬の返事に、庄太郎は媚《こ》びるように両手をこすり合わせる。

「もちろん、タダでとは言いません。あいにく結納金は手元にないためお返しできませんが、もっと良いものを差し上げます」

「静馬さま」

静馬の近くに正座していた深雪が、しなだれかかるように膝を寄せてきた。艶やかな黒髪を桜色のリボンで結い上げ、椿の小紋《こもん》を着用している。大きく衣紋《えもん》を抜いていて白いうなじがあらわになっていた。

「私、ずっと静馬さまをお慕いしていたのです。夜会で見て確信しましたが、私、お姉さまとよく似ているでしょう？　どうかお慈悲をいただけませんか？」

「なんのつもりだ」

静馬は礼を失さぬ程度に深雪を押し退けた。気持ち悪い体温だった。庄太郎が話を引き取る。

「我が家の財政状況が悪化しているのは仁王路さまもご存じかと思います。そんな折に、継続的な資金援助を申し出てくださる御仁《ごじん》がおりましてな。しかしその代わりに、妾として娘を一人差し出せと言うのですよ。跡取りの深雪をそんな目に遭わせるわけにはいきませんが、櫻子ならちょうどいい」

畳に手をついた深雪が、よよと泣き崩れる。

「私は見知らぬ男の妾になどなりたくありませんわ。けれど、家族を救えるのであればお姉さまとて本望でしょう。静馬さまとの結婚だって、下心ありきで成立したものでしょうし」

　顔を覆っていた袖をちらりと下げ、確かに櫻子とよく似た丸い瞳を見開いて深雪が言う。

「そうでなければ、無能のお姉さまを娶るなんて真似、なさるはずがございませんよね？　顔がお好みならば私が承りましょう。それとも不幸な女がお好き？　それなら今の私だって負けておりませんわ」

　静馬はぐっと拳を握り込んだ。今度は紅葉が横合いから口を挟んでくる。

「仁王路さま、どうか櫻子をお返しください。あの子は私たちの可愛い娘なのです。深雪が代わりを務めますから。実際、深雪の方がよくできた娘です。異能もありますし、淑女教育も施しております。櫻子にはできないこともできますわ」

「――なるほど？」

　醒《さ》めた眼差しを深雪に送る。確かに彼女は美しい少女だった。だがいくら姿形が似ていようとも櫻子とは比べようもない。静馬の目には、深雪も紅葉も庄太郎も、等しく醜い肉塊としか映らなかった。むしろ、なぜこの環境で櫻子があある善良さを失わずに生きてこられたのか、そのひたむきさをますます守りたいと思えた。

　静馬は深くため息をつき、腕を組む。もう一秒もこの人間たちと同じ空気を吸いたくなかった。

「断る。櫻子はすでに仁王路家の人間で、あなた方の手の及ばぬ存在だ」

静馬は眉間に険しい皺を寄せ、短く答えた。だが、庄太郎の顔には脂ぎった笑みが浮かぶ。

「それなら、仁王路さまが援助してくださるので？　正直言って、あなたにはガッカリしているのですよ。結納金こそ多かったが、それきり。もっとご支援いただけないと櫻子を嫁がせた意味がない」

「手切金、と言う意味であれば支払ってもいい。それであなた方が付きまとわなくなるなら安い買い物だ」

吐き捨てるように告げる。庄太郎が、困った子供を相手にするように猫撫で声を出した。

「まあまあ、お怒りを鎮めてください。何も大金をせしめようというつもりはないんですよ。ただ、月々いくらかお支払いいただければ……」

「娘が大事だというなら事業を畳み、田舎に隠棲すればよろしい。皆で働きに出れば、家族三人暮らしていくくらいわけないだろう。こちらは手切金を一括で支払う。それで相良家と仁王路家の付き合いは切れる。それ以外の条件を呑むつもりはない」

静馬の冷ややかな態度に、庄太郎はスッと真顔になった。同じく表情を消した紅葉と深雪と視線を交わし、立ち上がる。

「交渉決裂ですか。ならば、櫻子から言わせるしかありませんね」

「どういう意味だ?」

「今夜、屋敷に帰ってごらんなさい。きっと櫻子はあなたとの離婚を申し出ますよ」

その瞬間、地の底から突き上げるような揺れが相良邸を襲った。部屋の中にはごう、と激しい風が巻き起こる。障子が軋みながら音を立てて倒れた。辺り一面にバチバチ火花が散り、柱に焦げ跡を作る。紅葉と深雪が甲高く叫びながら一目散に客間から逃げ出していった。

悲鳴を上げて腰を抜かす庄太郎を人影が覆う。ゆらりと立ち上がった静馬が庄太郎を見下ろしていた。その表情を見て、庄太郎はガタガタ震え出す。静馬は風に髪をなぶらせ、異相《いそう》の美しさを極めたかんばせの中、瞳だけを炯々《けいけい》と見開いて、恐ろしく冷ややかに命じた。

「今話せ。僕は最高に機嫌が悪いんだ」


仁王路本邸、仁王路一臣の執務室のソファに、櫻子は座っていた。向かいには一臣が腰かけている。静馬を見送ったあと、一臣から使者がやって来て、櫻子はここに連れてこられたのだった。

目の前の一臣は黙っているだけで周囲に圧を与える男だった。櫻子は出されたお茶を飲み、話を切り出した。

「……その、本日はどのようなご用件でしょうか」

一臣がじっと櫻子を見据え、口を開く。

「櫻子さん、あなたは日本へ行く気はないかね？」

「……えっ？」

思いもよらぬ申し出に、櫻子はぽかんとした。その間にも、一臣は話を続けていく。

「今度、至間國から日本へ留学生を派遣するのだが、その席が一つ空いたのだよ。それに櫻子さんを推薦したくてね。あなたが日本へ強い憧れを抱いていることは、相良のご家族からもよく伺っている」

執務室の窓の外には曇り空が広がっていた。分厚い雲が灰色の底を晒している。もうすぐ雨が降り出しそうだ。

櫻子は膝の上で揃えた手を、恭しく口元に持っていった。

「……まあ、私の家族から」

心にさざなみが立ったのは一瞬で、櫻子の返事はとっくに決まっていた。慎ましく微笑したまま、きっぱり言明《げんめい》する。

「有難いお申し出ですが、お断りいたします」

櫻子はもう知っている。日本は別に、星々の輝く楽園でもなんでもないことを。そこに櫻子を優しく受け入れてくれる場所なんかないことを。異能がなくて、心優しい人々だけが住む豊かな国なんて存在しないのだから。

それでも確かに、そこはこの足で海を渡って行ける、現実とつながった一国で。

たとえ楽園でなくても、一緒に行きたいのは、ほかの誰でもない、静馬となのだ。

（……ああ、そういうことだったのね）

櫻子は声に出さずに思いを馳せた。

誘拐犯を捕まえた夜、静馬に理想を切り崩されても、櫻子は受け入れられた。その理由がやっとわかった。

彼女はもうとっくに、居続けたい場所を見つけていたのだ。

夢幻の花咲く楽園なんてなくてもいい。静馬の隣にいて、その手を掴んで離さないでいられればそれでいい。

そう決めた。

櫻子の血のつながった家族はそんなことを認識していないだろう。相良家にいた頃は、頭の中にだけある理想郷に日本を重ねていた。だから櫻子は強い憧れを持っているだなんて言えるのだ。それは要するに、あの世に行きたいです、と言っているも同然なのに。

愛している、という静馬の声が耳に優しく蘇る。今なら答えられる気がした。いや、答えたいと思った。時間は経ってしまったけれど、静馬はきっと聞いてくれるだろう。

櫻子の回答が意外だったのか、一臣が眉尻を跳ね上げる。

「本当に良いのかね？　こんな機会が巡ってくることはもうないぞ」

「構いません。私の居場所は静馬さまの隣です。それが私の望みです」

その言葉に一臣は憫笑《びんしょう》を漏らした。可哀想なものを見るように目頭に皺を寄せる。

「……櫻子さんの過去は調べさせてもらった。ずいぶんとひどい環境でお育ちだったようだ。家族からは愛されず、使用人にすら踏み躙《にじ》られる日々。この至間國で『無能』として生まれたことがどれほどの地獄か、資料からも読み取れたよ。――だからこそ」

組んだ足の上に手のひらをのせ、一臣は身を屈めた。

「偶然優しくしてくれた静馬に、あなたは好意を抱いたのではないのかね？　正確にいえば、そう思い込んでいるのではないかね？　静馬の異能病のことは私も知っている。そんな静馬が『無能』の櫻子さんと結婚したとなれば、答えは一つだ。何がしかの取引があった末に成立した、いわゆる契約結婚というものだろう。であるならば、あなたは静馬に見捨てられれば居場所がない。実の家族に粗雑《そざつ》に扱われる櫻子さんには、帰る場所がないのだから。静馬を好きにならなくては生きていけない。つまり生存戦略として、弟を愛しているだけではないかね？」

櫻子は頬に手を当て考え込んだ。ふと頭をよぎったのは、倉庫で櫻子に銃を突きつけた少年のことだった。

彼は被害者として倉庫の地下に閉じ込められていた。だがあのとき、誘拐犯に命じられて櫻子を狙い撃とうとした。限界状況の中で彼が生きていくためには、そういうふうに心を作り替えるしかなかったからだ。

櫻子も同じようなものなのか？　少なくとも一臣はそう言っている。

櫻子はそこにしか居場所がないから、生き延びるために静馬を愛さずにはいられないと？

「健全な関係性の構築のためには、静馬と離れた方が互いのためではないかね。櫻子さん、そもそもあなたは静馬にどんな利益を与えられるんだ？　正直にいえば、相良男爵家のご令嬢では仁王路伯爵家の格と釣り合わない。それを超える何かを、あなたはお持ちなのか？　そうでなければ離縁してくれないか。まだ間に合うと思うぞ」

その声から滲み出る悪意が、櫻子の肌をピリピリと痺れさせる。

来たわね、と櫻子は唇を噛んだ。当主会議では櫻子を気に入ったようなことを言っていたが、今となっては本心はこうだったのだ。櫻子はいちいち傷つかない。人に裏表があることなんて当然だし、何よりも。

いつか誰かに、そう言われる日が来るような気がしていたから。

静馬に愛される、夢のような日々がいつまでも続くわけがないとわかっていたから。

薗田花蓮と話したときのことが思い出された。あのとき櫻子は負けてしまった。千鶴には口喧嘩に弱すぎる、などと笑われて。けれど、今は絶対に負けるわけにはいかなかった。

どれほど罵られても、邪魔だと足蹴にされても、櫻子の在りたい場所はもう決まったから。

対峙するのは静馬の兄で、花蓮とは比較にならない迫力を備えている。軍服姿で、かたわらにはやたらに大きな刀を置いている。

そんな相手に、櫻子は負けたくなかった。

今までなら考えられないことだ。静馬に出会う前の櫻子なら、きっとうつむいて、大きなうねりに呑み込まれるまま諦めきって手を離してしまっただろう。

無性におかしくなってきて、くすくすと肩を震わせた。

一臣が声を低める。

「……何がおかしい」

「いえ、違います。静馬さまには内緒ですが」

こみ上げる笑いを押し殺して、人差し指を口に当てて言った。

「私は初め、あの方が怖かった。私たちの出会いはひどいものでした。いきなり風の異能で斬りつけてきて、私の『無能』を確かめたのです。それでいてもし私が本当に異能がない人間だったら治療するから問題ないなんて平然と仰るのです。そんな話をした上で、契約結婚を持ちかけて。それでも私は頷きました。ええ、そうです。私には泣いて逃げ帰る場所なんてなかったからですよ」

静馬との出会いが蘇る。あのときは本当に、契約でしかなかった。

「……でもそのあと、静馬さまはずっと私に優しかった。私自身にさえ大切にできない私を、心から慈《いつく》しんでくれた。そのときは理解できないことも多くて、与えられる優しさを慰みと取り違えていたくらいでしたけれど。たぶん今でも、全てを把握できはしないでしょう。仰る通り、私は家族から愛されなかったから」

握りしめた拳が痛かった。爪が手のひらの皮膚を食い破って血が滲んでいる。気を抜けば瞳から涙がこぼれ落ちそうだった。でも、一臣の前で涙なんて見せたくなかった。

櫻子は震える喉で空気を取り込み、引きつりそうな頬を必死に緩めた。

「でも、もはや私は存じております。静馬さまの隣は決して居心地が良いばかりではございません。辛い目に遭うことだってある。今みたいに。けれど、それでも私がそこにいたいと願うのは、静馬さまを好きだから、だけではないのですよ」

櫻子は愛も何も知らなかったから、きっとたくさん間違えたし、これからも間違えるし、上手にやれないことばかりだ。だが、これだけは誤りたくなかった。

「静馬さまと一緒にいると、私は前を向けるのです。ずっと下だけ見て、夢の中に閉じこもって偽りの星を眺めていたのに。そんな私の背筋が伸びて、行きたい場所に足を踏み出せて、色々な人と出会えるようになったのです」

精いっぱい胸を張って、一臣を睨みつける。もう手の痛みも感じなかった。

「そんな人と出会えることが、どれほど幸福なことか、あなたにおわかりですか？　私が相良家で虐げられていたと知ってなお、相良家の人間から私の好きなものを知ろうとするあなたに」

言うだけ言って、櫻子は思い切り茶を呷《あお》った。普段こんなに長く話さないせいで喉が渇いていた。

どうにでもなれ、とは思わなかった。櫻子はここから勝利を持ち帰らなくてはならない。この先は無計画だ。こういうところが千鶴の指摘する口喧嘩の弱さなのかもしれない。精進《しょうじん》しなくては、と頭をひねったとき。

く、と低い笑い声が一臣の唇から漏れ出した。

それは微かに空気を震わせるほどのものだったが、やがて執務室に響き渡る高笑いに変じる。櫻子はぎょっと顔をひきつらせた。

「……どうしたというのです」

「いや何、血のつながりを感じてな」

目尻に涙まで浮かべて、一臣は無遠慮に櫻子を指差した。

「お前もあの家族と同類の、自分勝手な女というわけだ。本当に吐き気がするほどそっくりだよ」

「……あなたは静馬さまとは似ておられませんね」

手元の石をぽいっと投げつけるような櫻子の皮肉に、一臣は肩をすくめる。

「そうか？　本質的には、あの弟も俺とさして変わらないと思うがね。とにかく、お前は静馬と離縁する気はないというわけだ。よくわかったよ。ご高説《こうせつ》どうもありがとう」

「何を……」

「今日、お前の家族は卑しくも、金の無心をするため静馬を呼びつけているそうじゃないか。しかも、お前の代わりに妹を嫁がせようとしているらしいぞ。そう上手くいくものか。ああでも、小綺麗になってお前も妹によく似てきたからな。静馬も目が眩むかもしれん」

「やけに詳しいですね……？」

「君は知らなくても良いことだよ」

何か閃《ひらめ》いたとき、突然櫻子の視界がぼやけ始めた。急激に襲ってきた眠気に耐えられず、櫻子はソファにくずおれる。全てが滲んでいく世界の中、立ち上がった一臣が近づいてくるのが辛うじてわかった。

「安心したまえ。ただの眠り薬だ。君は、夫との身分の差に引け目を感じ、離婚届に署名して失踪したことになる。美談だよ。次に目覚めたときには、至間國から日本へ向かう船の中だ。傍目には異能者に見えないのだから、日本で上手くやるといい」

意識を失う寸前、階下で何かが爆発するような音を聞いたような気がした。

執務室を訪れた静馬の周りには異能による火花が散り、彼の通ってきた道を示すように、邸内の物が全て薙《な》ぎ倒されていた。殺気立った静馬に視線をやり、一臣は唇を歪めた。

「ずいぶん乱暴な訪問だな」

「兄上、全て話は聞きました。あなたが相良家も巻き込んで、僕と櫻子を離婚させ、僕を伯爵令嬢と娶らせようとしていること。櫻子はどこです？」

「口を割ったか。まったく、とことん使えん家だな」

「――櫻子は、どこです？」

静馬の問いに、一臣は答えない。窓辺に立ち、外を眺めている。とうとう空からは雨が降り出して、大ぶりの雨粒が窓を叩いていた。

静馬は苛立ちながら質問を続けた。

「なぜこのようなことを？　以前、仁王路家のことは気にするなと言っていたのは嘘ですか」

「なあ、静馬」

一臣が静かな声で尋ねた。外を眺めたまま、濡れる窓ガラスに目を細める。

「俺はお前にとって、良き兄だったか？」

静馬の頬がぴくりと動いた。手元で電撃が激しく爆ぜる。

「そうだよな？　俺は小さい頃から、お前の面倒をよく見てやった。異能も制御できない出来損ないのくせに、臆面《おくめん》もなく仁王路家の人間として振る舞う面汚しのお前を。感謝しろ。——理由など決まっている。俺が、お前の苦しむ顔を見たいからだよ！」

部屋の空気を震わせる怒声を、静馬はまっすぐに受け止めた。自分でも驚くほど心は醒めていた。一度だけ呆れた息を吐いて、電撃をまとわせた片手をひらめかせる。

口から漏れた声は、ぞっとするほど低かった。

「言いたいことはそれだけか。そんなこと、僕はずっと知っていた」

幼い頃から受けたさまざまな嫌がらせ。その背後に一臣がいることくらい、とっくに知っていた。どれだけ厳重に保管しても紛失する、耳飾りの盗難犯の正体も。だが、静馬は気づかないふりをしていた。対立すれば、血を分けた兄の息の根を止めてしまうとわかっていたから。

一臣が窓に背を向け、太い両腕を広げる。

「はっ、余裕だな？　あの無能の娘を娶ったからか？　上手くやったものだよ。あの娘、よほどお前に惚れ込んでいるらしい。家族に虐げられていた娘にちょっと優しくして、一途に想われて、さぞ良い気分だろうな。そういう小狡《こずる》い手を使うくせになぜお前ばかりが与えられる？　軍務局での功績も、陛下の信頼も！　なぜお前ばかり！　俺はお前みたいな男が大嫌いだ!!」

静馬は今しも一臣に向けようとしていた電撃を止めた。それは答える価値のある叫びだと思った。

唇を自嘲に歪め、静馬は一臣と向き合う。

「――ああ、僕も僕のことが大嫌いだったよ」

静馬を恐れ遠巻きにする人々、周囲を傷つけてしまうのではないかという恐怖。そんな自分に価値はないと思った。異能も容貌の美しさも肩書きも、誰かを脅かすなら意味はない。一生を孤独に生きるならそれでもいいと決めていた。

しかし、櫻子と出会ってしまった。

初めはその「無能」に目をつけた。異能病を患う自分にとっては唯一無二の特効薬だ。ほかの誰にも渡すわけにはいかなかった。

だが、彼女と過ごすうちに、どうしようもなく惹かれてしまった。その優しさに、純粋さに、泥中にあってなお曇りない魂に。

──そばにいる、と微笑み。

──異能を振るう静馬の選択を、輝かしいと信じて。

──一緒にどこにだって行きたいと言ってくれる彼女に。

それで初めて、欲が生まれてしまった。

もう櫻子を手放せない。この先二度と彼女のような人には出会えないとわかっているから。一番近くに引き寄せて、掴んで、嫌がっても抑えつけてしまうかもしれない。

しかし。

「どうも僕は櫻子が隣にいる限り少しはマシな人間でいられるようだ。彼女が受け入れてくれている限りはまともだろう。それでいい。これまでの人生は、その人に出会うための旅だった」

思わず微笑みが漏れる。今までたどってきた孤独も、今目の前に横たわる断絶も、大したことではなかった。静馬は本当の唯一無二を手に入れたのだから。

静馬の顔を見て、一臣がせせら笑った。

「まともな人間だと？　異能だけが取り柄の、仁王路の恥晒しのお前が？　本当にまともでありたければ、兄たる俺の言うことを聞いて、ふさわしい身分の娘と番《つが》ったらどうだ？　仁王路家のますますの発展のために、せめてその無駄に麗しい顔を有効活用してみせろ」

一臣の笑い声が癇《かん》に障る。馬鹿馬鹿しくなってきて、前髪をぐしゃりとかき上げた。ここまで来たら、手加減や容赦を加えてやるつもりは毛頭ない。

静馬はせいぜい綺麗に笑ってやった。自分の顔の造形などどうでも良かったが、美しいものが周囲にどのような威圧的な効果を与えるかは熟知していた。

「それでは、ふさわしい身分の妻に駆け落ちされたあなたは一体なんだ？」

その瞬間、一臣の顔からせせら笑いが消えた。潮の引くようにあらゆる表情が失せ、暗い影が落ちる。窓に叩きつけられる雨音だけが、やけに大きく部屋に響いた。

その様子を見て、静馬は確信を得た。常に威風堂々たる軍務局大佐、常人には扱えぬ長刀をこともなげに振り回し、肩で風切る仁王路一臣の弱みは春菜だと。

雨音の間を縫って、一臣が昏く笑い出す。片手で顔を覆い、血走った目を見開いた。

「春菜に駆け落ちなどさせるものか。あの女は殺した。相良櫻子も同様にな」

途端、静馬の腰元で刃《やいば》が鞘走《さやばし》った。

——軍刀で斬りかかったのは本能だった。

異能など生ぬるい。直接肉を断ち、骨を砕いてやらねば気が済まなかった。

「ははっ、太刀筋が見え見えだぞ。冷静ではないな？」

静馬の一閃《いっせん》を自身の長刀で受け止め、一臣は余裕の表情を見せる。異能に任せた怪力で、静馬を払い退けた。

静馬は後ろに下がり、柄を握りしめる。呼吸が荒くなっているのがわかった。

「あの女は用済みだ。俺を拒んだのだから当然の罰だ。特別愛《め》でた花には、自分のためだけに咲いてほしいと願うことの何が罪だ？　お前だってわかるだろう。せっかく手をかけて育てた花を、よその庭に植えるなんて馬鹿なことはしない」

「だが、櫻子は関係ないだろう」

目の眩む怒りで声が震えた。一臣は愉快そうに長刀を振った。ぶおん、と風を切る音がする。

「そうかもな。だがあの娘は俺にとってはどうでもいい命だ。せっかく日本行きの席を用意してやったのに断った。ならば消えてもらうしかない。俺の計画に邪魔だからな」

「そんなことで櫻子を――」

ぎり、と奥歯を食いしばる。一臣はますます愉しげに哄笑《こうしょう》した。

「そうだよ！　お前のそういう顔が見たかったんだよ！　愛する女を失った気分はどうだ？　もっと良く見せてくれ。もっと惨めに堕《お》ちてくれ」

長刀をやすやすと操り、切っ先を静馬の顎に向ける。その鋭い鋒《ほこ》が白皙の肌に切り傷をつけそうになったとき、静馬は顔を上向けてすらりと軍刀を鞘に収めた。

執務室の入り口から、長い尾をひらめかせて、青い鳥が飛んでくる。

それは天井を旋回し、長刀の鎬《しのぎ》に降り立った。

「な……なんだ!?」

ぶんと振り回された長刀から軽やかに飛び立ち、青鳥は静馬の肩で羽を休める。静馬は青鳥が運んできた知らせを受け取り、人差し指で頭を軽く撫でてやった。

「おい！　何をしている！　それは誰からのものだ!?」

「……僕の友人だよ」

務めを果たした青鳥は、羽を広げてまた飛び去っていった。青い羽根が一枚、床に落ちる。

それを拾い上げ、静馬はニヤリと笑った。

「暑苦しいやつだが、繊細な仕事も得意でね。本人曰く、それが女性の取り扱いの秘訣だとかいうが信憑性《しんぴょうせい》はない。とにかくそいつに、仁王路本邸の出入りの大工へ聞き込みをさせた。それでたった今、執務室に隠し部屋を作ったという証言を知らせてくれたわけだ。一体何を隠したんだろうな？　なあ、仁王路一臣。貴様、自分以外は馬鹿だと思っているか。相良庄太郎から話を聞いた時点でなんとなく予想はついたよ」

「何がだ!?　偉そうに！」

「なぜこの時点で急に加害しようとしてきたのかが気になった。僕を嫌っていることはずっと知っていたが、今までおとなしくしていたのにな、と。狂わせたのは、あの夜会だろう？　僕が……というか櫻子が、初めて御門に声をかけられた。当主のあなたを差し置いて栄誉を受けた。しかもまあ、あの夜は僕も浮かれていたから、その有り様も我慢できなかったんだろう。僕の幸福そうな姿が。――もはやあなたの手には春菜さんの愛がないから」

「違う！　お前は幸福なんかじゃない！　俺は春菜を失ってなどいない！　俺が捨ててやったんだ。全部、全部……！」

一臣がめちゃくちゃに長刀を振り回す。それを最小限の動きで避けながら、静馬は執務室の壁に目をやった。

口の中でぼそりと呟く。

「確かにわかるさ。その人を見つけて、そして失いそうになったときの衝動は。逃がすわけがない。殺してしまうわけもない。――僕ならきっと、自分の最も近くに箱庭を作って生かしておく」

執務室の大きな書籍机、そこに座ったときに、真正面に位置する場所に、わずかにずれた壁紙があった。

一臣がぜいぜいと息を切らしながら、静馬を睨めつける。口から唾を飛ばしながら喚いた。

「ああそうだよ！　春菜は閉じ込めた!!　だが相良櫻子までそうだとは限らない。あの娘は殺した！　それで庭に埋めてやったんだよ!!」

静馬は失笑した。どこまでも、道化《どうけ》みたいな兄だった。

「本当に殺したなら、あなたはとっくに櫻子の遺体を見せつけて僕を嘲笑っているだろう？　僕ならそうする。だがそうではないということは、まだ生きているんだろう。時間がなかったのかな？　櫻子は簡単にあなたに屈しなかったし、僕はさっさと相良庄太郎を締め上げた」

苦もなく異能を発動させる。音も立てず、隠し扉が開いた。


——その少し前。

噎《む》せるような花の香りに包まれて、櫻子は目を覚ました。

「……て、起きて！」

すぐ耳元で、必死な女性の声がする。体を激しく揺さぶられ、櫻子は重たい瞼を持ち上げた。

「……うう」

何度か瞬いて、自分の状況を把握する。どこかの地面に転がされており、特に拘束はされていない。体の節々が痛むが、命に別状はなさそうだ。そして、見知らぬ女性がそばに膝をついていた。

起き上がり、四囲を見回す。

そこは鮮やかな花々の咲き狂う庭園だった。

足元では黄色の蒲公英《たんぽぽ》と白詰草《しろつめくさ》が風に揺れ、遠くでは桜が舞い散り、桔梗《ききょう》が星形の花びらを広げている。四阿《あずまや》の隣に赤色に見えるのは牡丹《ぼたん》だろうか。季節感も何もあったものではない。空には、薄ぼんやりした太陽がのぼっていた。

とにかく明らかに船の中ではなさそうで、櫻子はほっと胸を撫で下ろした。

こちらを窺う様子の女性に問いかける。仕立ての良い着物を着た、美しい女性だった。けれど顔色は青白く、頬がやつれている。

「あの……あなたは？　そしてここはどこですか？」

「わたくしは仁王路春菜……仁王路一臣の妻ですわ」

櫻子はぱちりと目を瞬かせる。その名は聞いた覚えがあった。確か彼女は、華族名鑑からも名前を消去されてしまった存在ではなかったか。

「ど、どうしてこんなところに？　失礼ですが、庭師と駆け落ちしたと伺いました」

「外ではそんなふうに言われているのね……」

春菜は瞳を揺らし、両手で顔を覆った。その拍子にあらわになった白い首筋に、どす黒い痣《あざ》が広がっているのが見えた。乱れた袖から伸びる手首も、骨が浮きそうなほど細い。

「わたくし、仁王路一臣に幽閉《ゆうへい》されているのです。ここがどこかなんてわかりません。あの男は悪魔だわ。初めは優しかったのに、わたくしが誰かと話していると、誰とも口を利くな、目を合わせるな、と暴力を振るい……耐えきれず、わたくしを憐《あわれ》んでくれた庭師の手引きで逃げようとしたところを捕まり、このような目に」

「そんな……」

櫻子は呆然と呟く。頭の中で、全てがつながった気がした。

この庭園は、宝物を閉じ込めておくための箱庭だ。春菜自身がどう考えていようと一目瞭然《いちもくりょうぜん》。一臣にとって美しいものだけを配置して楽しんでいる。なんと悪趣味な偕老同穴《かいろうどうけつ》だ。

そんなところに櫻子のような闖入者《ちんにゅうしゃ》を放り込むなんて、本来なら唾棄《だき》すべき事実だろう。一臣は許せなかったはずだ。そもそも船に乗せられるはずだったのに。だが実際、櫻子はここにいる。

耳たぶに指で触れ、意識を失う寸前に鼓膜を震わせた爆発音を呼び起こす。

つまり一臣は、どうしても櫻子をここに置いておく必要に迫られたというわけだ。

顔を覆う手のひらの隙間から、春菜の啜《すす》り泣きが聞こえる。

「あの男が突然やって来て、意識のないあなたをここに放り込んだの。入り口は毎回違う四阿につながっていて、外から開けられないと出ることもできない……。この庭園はどこかの異能者に作らせたもので、空間が拡張されていて果てもないの。歩いても歩いても外には出られないし、壁にも突き当たりはしないわ。ねえ、あなたはどうしてここに？　あの男の次の妻？」

「いいえ、まったく違います」

ぶんぶんと首を横に振って、櫻子は簡単に自己紹介をする。春菜は泣き腫らした目ですがるように櫻子を見つめた。

「では、もしかすると静馬さんが助けに……？」

「ええ、きっと来てくださいます。大丈夫ですよ」

そう言って春菜の薄い背中を撫でながらも、櫻子は顔を曇らせた。

絶対に、静馬が助けに来てくれるはずだと確信している。

けれどそれは、静馬にとっては実の兄との別離を意味する。

当主会議の夜、幼い頃の思い出をこぼす横顔が胸をよぎった。

家族に一度も顧《かえり》みられないのは、悲しいことかもしれない。血のつながった親子、兄弟、姉妹として親愛の情を抱かないのは、寂しいのかもしれなかった。

櫻子自身はあまりそう感じないが、それで欠けてしまったものがあるのも事実だ。

でもそれと同じくらい、もしくはそれ以上に、一度は愛した家族に裏切られることもまた辛いのではないかと思う。温かな思い出が、優しい日々が、全て牙を剥いて襲いかかってくる。かつての家族はもうどこにもいなくて、どんなに手を尽くしても取り戻せなくて、それでも目の前で息をしていて対立するしかない敵になってしまうのは、ある意味死別よりも無惨《むざん》ではないか。

静馬が傷つかないはずはない。

でも彼は、それを踏み越えてもやって来るに違いない。

そう固く信じられるからこそ、櫻子の胸は暗く塞がった。

「……櫻子さん？」

春菜が心配そうに櫻子を上目遣いに見る。ハッとして急いで笑顔を作った。

「何も不安になることはありません。絶対に助かります。それにほら、私たち二人いるのですから、いざとなったら私が囮《おとり》になります。その隙に春菜さんは逃げてください」

励ますつもりで言ったのに、春菜の表情は暗く翳《かげ》ってしまった。櫻子の腕にすがりつく。その手は凍えたように震えている。

「無理だわ。あの男は常に身体強化の異能を使っているもの。わたくしも何度か試みたけれど、すぐに捕まってしまっておしまいだったわ。足も速いし、力も強いの。ねじ伏せられたら抵抗できないわ。それにきっと、櫻子さんが囮になってわたくしが逃げたら、あの男は櫻子さんを生かしておかないと思う。それがわかっているのにわたくしだけ逃げ出すなんてできないわ」

「でも春菜さんだけでも逃げられれば……」

「いいえ」

春菜ははっきりと否定した。どれだけ痩せても、屈辱《くつじょく》にまみれても、誇り高い光が瞳に宿っていた。

「あなたは静馬さんの妻なのでしょう？　なら、ちゃんと彼のところに帰らなくちゃ」

ごう、と風が吹く。狂い咲く花々が首を揺らして、色とりどりの花びらを辺りに吹き散らす。

櫻子はぱたりと双眸を瞬かせた。

（……そう、だわ。私は居場所を決めたのに、どうして一人犠牲になろうなんて考えたのかしら）

今さらながら、行くと決めた道の、気の遠くなるような困難さに眩暈がする。

決めた以上、櫻子にできるのは、信じて待つことだけだった。

それは初めての感覚だった。信じて待っても、希望が訪れることは決して無かったから。

だが待つというなら、手元でできることをやるだけだ。何日待てばいいのかは問題だが、水路もあるようだし、最悪その辺の草を食べれば凌《しの》げるだろう。食用の何かがあるといいが、なくてもなんとかなる。

急に張り切り始めた櫻子に、春菜は子供のようにぽっかりと口を開けた。

「なんだか元気になったかしら？」

「不安がないわけではございません。でも……」

櫻子は足元の蒲公英をつつく。これは葉を食べたことがあった。

「私は静馬さまにお伝えしたいことがあると思い出しました。だから、待たなくてはいけないと――待ちたいと、希うのです」

――隠し部屋の中は、際限なく広がる庭園だった。花々が咲き誇るさまは確かに箱庭に近い。だが季節も場所も関係なく、ありとあらゆる花が美しく咲いているのは悪夢のように不気味だった。

どういう仕組みか、静馬が入った先は四阿だった。その近くに、花を摘んで座り込む二人の少女を見つけて、静馬は眉を上げた。

「櫻子！　それに春菜さまも」

「静馬さま！」

櫻子がぱっと顔を明るくする。春菜も安堵したように息を吐いた。静馬の記憶にあるよりもずいぶんと痩せていた。

「お待ちしておりました。その、一臣さまが」

「わかっている。彼は……」

静馬が言いかけたとき、庭園の外から哄笑が響き渡った。春菜が青ざめ、身をすくませる。四阿にゆらりと人影が現れた。一臣だった。片手に長刀を提げ、幽鬼《ゆうき》のような足取りで春菜のもとへ寄ってくる。春菜が櫻子の腕にしがみつく。櫻子がとっさに春菜を背後に庇った。

長刀の先が櫻子に向けられた。

「春菜に触るな！」

「もうやめろ、仁王路一臣」

でたらめに振り回された長刀を難なく避け、静馬は一臣を地面に押さえつけようとする。だが一臣は春菜から目をそらさないまま、異能を用いた恐るべき膂力《りょりょく》で静馬を跳ね除けた。そのまま起き上がり、櫻子と春菜の方へ突進する。

「春菜！　来い！」

静馬は舌打ちする。その場に跳ね起き、異能を発動させ、一臣を捕まえようと目を凝らす。だがその前に、一臣がひと足に櫻子と春菜のもとへたどり着いた。割って入ろうとした櫻子を軍靴《ぐんか》の踵で蹴り飛ばすと、春菜の腕を握りつぶしそうなほど強く掴む。その顔は興奮で赤黒く染まっていた。

「お前は俺だけのものだ！　そうだろう！」

「違うわ！　いや！　離して！」

甲高い悲鳴を上げ、春菜が髪を振り乱しながら抵抗する。一臣に無理やり引きずられそうになりつつも、懸命に足を踏ん張ってその場にとどまった。

思わず向けた静馬の視線の先、一臣たちのかたわらで、蹴られた痛みに顔をしかめた櫻子がひっそりと立ち上がった。

彼女は躊躇《ちゅうちょ》なく、風にそよぐ草花を一歩踏みしめ、そして。

「――失礼しますね」

誰が止める間もなかった。その白い右手が振りかぶられたかと思うと、一臣の頬を思い切り打った。

皮膚のぶつかる乾いた音が、花びらの舞う箱庭に響き渡る。

一臣が頬を押さえ、足をもつれさせるやいなや、殴打《おうだ》の衝撃に耐えかねたようにへたり込む。春菜の腕を浮かんでいた手が離れた。その隙を逃さず、櫻子は春菜を背にして一臣を見下ろした。

一臣が呆然と櫻子を仰ぐ。信じられないものを見る目で力なく頭を振りながら、顔中に汗をかき始めた。

「お、俺に……何をした……？」

「大丈夫ですか？」

愕然《がくぜん》としている一臣に、櫻子が慈愛に満ちた微笑みを向ける。天上の霞んだ太陽が、その顔に薄日のヴェールをかけた。静馬が見たことのない、あらゆる感情を覆い隠した笑みだった。

「立てますか？」

すこぶる優しい声音で、一臣に向かって手を伸べる。一臣が小刻みに震える腕を上げ、魅入られたように櫻子の手を取った。

たった今、自分を張り飛ばした手のひらを。

静馬は足音一つ立てず、一臣の背後に近づいた。

「――櫻子、よくやった。あとは僕の仕事だ」

「なっ……!?」

一臣の片腕を容赦なく背中にひねり上げ、その場に組み伏せる。一臣が泡を食って暴れようとしたが、まるで子供を相手にするように容易く、今度は取り押さえることができた。

「な、なぜだっ⁉」

一臣が口から唾を飛ばしながら喚き散らす。その両腕を背中で拘束しながら、静馬は思考を回した。

――櫻子の「無能」は、彼女が直接触れた異能の効力を無効化するものだ。だからたとえば、鞍田に触れたら千鶴のあとが追えなくなると忠告した。

つまり一臣に触れた瞬間、身体強化は無効化され、櫻子は一臣の素の力と相対した。

そして一臣はなす術もなく地面に尻をつき、静馬にねじ伏せられたというわけだ。

一臣は怒鳴り続けている。

「おかしいだろう！　俺は仁王路一臣だぞ！　お前らみたいなやつらに負けるはずがない！」

櫻子は平手打ちした手のひらを痛そうにさすっていた。だが地べたに這いつくばる一臣を睥睨し、決然と告げる。

「あなたがなんであろうと、私の前では等しく『無能』です。たったそれだけでこの有り様とは、異能に頼りすぎではありませんか？」

その顔ははっきりと怒りに燃え、先ほどまでの霞のような風情は消し飛んでいた。

感情をあらわにする櫻子と、そんな彼女を見上げる一臣。その取り合わせが妙におかしくなって、静馬は肩を震わせた。

「……いや、それにしても見事なものだね。相手は一応、軍務局の大佐なんだが」

「えっ？　そ、そんなことは……っ」

櫻子が頬に朱を佩き、目線をそらす。腫れた手のひらを後ろ手に隠しながら、

「いえ今のはその、火事場の馬鹿力と言いますか、春菜さまや静馬さまが傷つけられたと思ったら、無我夢中であんまり記憶が……別に私が怪力とかそういうわけでは」

「わかっているよ。平手一発で手を痛めている櫻子が、暴力を振るうのに慣れていないことくらい」

静馬は異能で一臣を眠らせると、そばに転がっている長刀を念のため遠くに蹴飛ばした。

その間に、櫻子は春菜のそばに歩み寄っていく。春菜は安堵からかほとんど気を失っていた。肩を貸して立ち上がらせようとする櫻子の瞳に、舞い散る花びらが映り込む。

「櫻子、待っていてくれてありがとう」

脱力した春菜を支えるのを手伝いながら、そっと囁く。櫻子がちらと歯を見せて笑った。

「実は、お伝えしたいことがあるのです。あとで聞いてくださいますか？」

そのあとはもう大騒ぎだった。

春菜を監禁していた罪で一臣は収監《しゅうかん》。仁王路家当主の座は静馬が継ぐことに決まった。それに伴い、櫻子は仁王路本邸に家移りすることに。慣れないことばかりで大変だが、千鶴の助けも借りてなんとかやっている。

櫻子の女主人としての初の公的仕事は、静馬の当主就任式の補佐だった。

それは今日、つつがなく開催できる運びとなり――。

「よーう静馬、今回は本当に大変だったな」

「……なぜお前がここにいるんだ」

「一応俺も働いたと思うんだけどな!?」

本邸大広間にて。きっちりと礼服を着込み、テーブルの上の料理をかっ食らう井上の姿に静馬が仏頂面でため息をついた。遠くの席では、鞍田も皿の上に料理を山盛りにしている。「さすが仁王路家、どれを食べても美味いですねー」などという声が聞こえて櫻子はちょっと嬉しくなった。

井上が櫻子に向かって片目を瞑ってみせる。

「櫻子さんはちゃんと俺たちを招待してくれたもんな」

「は、はい。私がご招待したのです。とてもお世話になりましたから」

「そうだぞ静馬、あまり心の狭いところを見せてやるな」

横合いから飛んできた声に、静馬はいよいよ深くため息を吐き出した。

「いや陛下は来たらダメでしょう……」

ドレス姿の千鶴の膝の上に、可愛らしくスーツを着た御門がちょんと座っている。千鶴はその頭を撫でて、御門の口元についたソースなどを拭ってやっていた。

つんと鼻をそびやかし、御門が言う。

「櫻子よ、子供の同伴も可よな？」

「はい。それなので、特にお断りする理由もなく」

「権利の濫用《らんよう》が甚《はなは》だしいな……」

静馬は眉間を指先で押さえているが、その表情は柔らかい。櫻子はほっこりと微笑んだ。当主になったとはいえ、まだまだ問題は山積みだ。だから少しでも親しい人と時を過ごしてほしいと思ったのだ。

「時に櫻子、相良男爵家は爵位を返上したな」

千鶴に抱えられた御門に話しかけられ、心臓がドキリと鳴った。櫻子は小さく顎を引く。

「……はい。手切金を支払いましたがそれでは足りず、結局、もとの生活を維持できなかったようです」

諸々の事件のあと、静馬はすっかり怯えた様子の庄太郎に手切金を渡し、二度と櫻子に近寄らない旨念書《むね》を書かせた。だが長年の紅葉や深雪の放蕩《ほうとう》に加え、新事業の失敗の痛手は深く、男爵位を返上して田舎に隠棲することになったのだ。

とはいえ、たかが一男爵家の消滅は話題になることもなく、至間國の社交界は、もっぱら仁王路一臣の醜聞で盛り上がっていた。

（だから、見送りにも誰も来なかったのだわ……）

櫻子は視線を宙空に漂わせ、家族との別れの日を心の裏側に呼び起こした。

――どんより曇った日のことだった。

吹き寄せる風は冷たく、雨なのか氷の粒なのかわからないものがときどき頬に触れた。

両親と妹は、機関車で至間國の山奥の村へ向かうと聞いた。だから櫻子は駅舎を訪れて、遠くからその様子を見送ると決めたのだ。

それは櫻子なりのけじめだった。

二度と再び、彼らと会うことはない。

いくら血のつながった家族といえど、わかり合えないことはある。

血の絆《きずな》をよすがにして、地獄の底までついていく必要はないのだ。

駅舎の乗降場に現れた三人は、記憶にあるよりもずっと小さく痩せ衰えて見えた。

庄太郎は三揃い、紅葉は艶やかな菊のあしらわれた訪問着、深雪はシルクのフリルワンピースと、やけに華美な装いなのが余計に哀愁《あいしゅう》を漂わせていた。

櫻子の胸がかすかに痛んで、思わず両手を組み合わせる。

乗降場には、三人のほかに人影はなかった。見送るものは誰もいないようだ。爵位を返上した以上、彼らに社交上の価値はない。それは当然なのだが、誰一人として別れを惜しむものがいないというのは虚しいように思えた。

「——どうして私がこんな目に遭わなくちゃいけないのよっ！」

突然駅舎に甲高い喚き声が響いて、櫻子はびくりと肩をすくませた。見ると、癇《かん》癪《しゃく》を起こした深雪が荷物を地面に叩きつけているところだった。

「おかしい！　おかしいわよ！　こういうのはお姉さまがお似合いなのにっ。お姉さまはどこよ！　私と代わってよ!!　妹を助けなさいよ！」

憤《ふん》怒《ぬ》に歪んだ顔を見て、櫻子はふと自分の手元を見やった。一臣に平手打ちを食らわせたときにすりむいた傷が治っておらず、まだ包帯が巻かれていた。

一臣に指摘されて気づいたが、深雪と自分は顔の造形が似ている。当たり前だ。血のつながりがあるのだから。よくよく観察すれば紅葉とも共通点があった。

ならば、内面にも似通った部分があるのではないだろうか。

幼い頃から、自分を虐げてきた深雪。怒りに任せて、一臣を打ち据えた櫻子。

その二つに、一体どんな違いがあるというのだろう。

（私も、いつか――）

深雪のようになってしまう日が来るのだろうか。

笑いながら他人を踏みつけ、自分さえ良ければそれでいいと、素知らぬ顔で口を拭うような人間に。

凍えるような風が吹きつけて、氷の粒がまつ毛に取りついた。視界がかすみ、包帯の白も滲んでいく。吐く息が白く凝った。

「――櫻子」

後ろから声をかけられて、櫻子は振り仰いだ。帽子を目深に被り、黒のインバネスコートを羽織った静馬が、心配そうに櫻子を見つめていた。

「平気か。帰りたければいつでも帰っていい。寒いし何か温かいものでも飲んで帰ろう」

「静馬さま……。いえ、最後まで見送りたいと思います」

「……そうか。なら、僕もここにいよう」

一つ頷いて、静馬が櫻子の肩をぎゅっと抱き寄せる。その温もりに目の奥が熱くなって、忙しく何度も瞬いた。

乗降場では、紅葉が深雪をなだめていた。しかし庄太郎が何か口出しし、今度は夫婦間で諍いが起きる。櫻子は目を覆いたくなった。

「……櫻子は、あの家族に対して、報いを受けさせたいと思ったことはないか」

ぽつんと聞かれて、櫻子は首をもたげた。肩にかかる手に重さが増した。

「自分が今まで受けた仕打ちを、何十倍にもして返してやりたいとか」

深く被さったつばに隠されて、静馬の目元はよく見えない。櫻子は目を伏せて、また乗降場に視線を戻した。

地を震わせるような轟音《ごうおん》を立てて、黒々とした蒸気機関車が滑り込んでくる。煙突からもくもくと白い蒸気が溢れて、三人の姿をかき消した。

霞がかった景色の中で、櫻子は口を開いた。

「私は聖人ではありません。受けた仕打ちを許すことは……できません」

今でも相良家の近くを通ると胸が苦しくなる。夜中に悪夢を見てうなされることも。家族だからといって、何もかもを許して、彼らに尽くすことはできない。

「──けれど」

包帯の巻かれた手を強く握りしめる。皮膚が引きつれる感覚がして、刺すような痛みが走った。

「この手で家族を打ち据えようとは思いません。きっとあの人たちは私から色々なものを奪った。それは手の届かない場所に捨てられてしまって、どんな色をしていたのかも永遠にわからない。でも、もう良いのです」

強く風が吹く。蒸気が拭い払われて、重たい雲の切れ間から射す陽が乗降場を照らし出した。

ふらり、と機関車の方へ一歩踏み出す。三人はすでに乗車したのか姿は見えない。出発を知らせる汽笛《きてき》が鋭く響き渡った。

櫻子は機関車に背を向ける。痛む手を胸元に押しつけて、顔をくしゃくしゃにして静馬と相対した。

「私はこの道を歩いたから、ほかの誰でもない静馬さまに出会えた。だから十分です。これまでの人生の報いは、ここに受けたのですから」

静馬の緋瞳が見開かれる。櫻子は思い切り足を踏み切って、その腕に飛び込んだ。躊躇いは一瞬もなく、すぐに抱きしめ返される。苦しいほどの温かさに櫻子は固く目を瞑った。

「……いいのか、櫻子。本当に」

「はい。自分で決めました。何があっても、どんな目に遭っても、静馬さまの隣におります。どうか、居させてください。——私は、静馬さまのことが、大好きなのです」

静馬は何も答えなかった。ただ深く櫻子を抱き込んで、寒さにかじかむ耳朶を溶かすような響きで言った。

「ああ――絶対に手放さない」

櫻子はひそやかに呟いた。

（いつか深雪のようになる可能性は、私にもあるわ。誰にだってある）

でもこの温もりだけは忘れまい。

櫻子の愛は、ここにある。


無事に就任式を終えた二人は、いつもの通りに静馬の寝室で異能力の発散を行っていた。別邸とは異なり、寝室には二人がけのソファが置いてある。二人はそのソファに並んで座り、手をつなぎ合わせていた。

「なんだかこうして静馬さまと顔を合わせるのも久しぶりでございますね」

「ずっと帰宅が遅かったからな……」

当主の仕事に、軍務局の業務。一臣のあけた穴は大きく、静馬は連日多忙を極めていた。帰宅しても夜更けのことが多く、すやすや眠る櫻子の寝顔を見つめながら、そっとその手を握りしめていたのだった。

今日だって、就任式があったから櫻子と会えたようなものだ。

櫻子が静馬を見上げ、口を開いた。

「先日、春菜さまにお会いしてきました。春菜さまのご両親は非常にご立腹でしたが、春菜さまの説得のおかげで、だいぶ態度はやわらいでいるようです。今度、正式に静馬さまがご挨拶に伺っても受け入れていただけるとのこと」

「そうか、ありがとう。手間をかけたね」

「いいえ、静馬さまを支えるのは妻として当然のことですから」

えへん、と胸を張る櫻子が愛おしくて、静馬は思わず抱きしめる。腕の中で、櫻子がわたわたと叫んだ。

「あの、あのっ、もう十分ではありませんか!?」

「もう少し、かな」

すでに十分な量の異能力を渡し終えているが、櫻子にはわからない。腕の中の温もりを感じながら、静馬はうっすらと眠気を感じた。こんなに心が安らいだのは本当に久しぶりだった。

櫻子の肩から腕をたどり、そっと指を絡める。迷いなく握り返される指の強さが胸をついた。

洋燈が、ため息をつくようなささやかさで燃える。窓の外では全てが寝静まっており、葉さえ揺れるのを遠慮しているようだった。

静馬は静寂を壊さないよう、小さく囁いた。

「……君の薬指に」

櫻子の手がぴくっと跳ねる。逃すまいと、つないだ指を握り込んだ。

「……指輪を、贈ってもいいか」

言ってから表情を見たくなって、わずかに身を離した。洋燈の温かな光に照らされた櫻子の顔が、みるみるうちに赤くなる。

静馬を上目遣いに見返し、櫻子が震える唇を開いた。

「わ、私に？　良いのですか？」

「僕が指輪を贈りたいのは、この世で君だけだ」

「で、でも、どうして突然？　静馬さまは興味がないものと思っておりました」

「……まあ、金属の輪っか一つじゃ、櫻子をつなぎ止めてはおけないからね」

――始まりは契約結婚だったために。

静馬が当初用意したのは婚姻届一枚きりで、それだけが二人の関係を証明するものだった。

その後、静馬は櫻子に自らの手の及ぶ限り何もかもを与えようと決めたが、指輪には思い至らなかった。櫻子は別邸にこもりがちで、誰かに自分たちの関係を突きつける必要がなかったからだ。

しかし、今日の当主就任式でくるくると立ち働く櫻子を見て――彼女はもう、自分の足でどこにでも行けるのだ、という思いがあらためて胸を貫いた。

それについては喜ばしいばかりで、後悔など微塵もない。

ほんのわずかに、独占欲が湧いてしまっただけだ。櫻子は自分の唯一なのだと。

浅ましいとは思っている。だが平然と呑み込めるほど、彼女への想いは軽くない。

「それでも、その輪が僕や櫻子の薬指にあることで、意味あるものになるんだろう。だから——贈りたいと思ったんだ」

櫻子は赤い顔のまま、静馬の話に耳を傾けていた。内容を咀嚼するように黙り込んだあと、一つ頷いて静馬の瞳の底を覗く。

「……指輪のあるなしで、私たちの関係が変わるとは思いません。たとえ指輪を贈ってくださらなくても、私が静馬さまを想う気持ちはずっと一緒です」

「そ、うか」

てらいなくぶつけられる好意に、今度は静馬の方が照れる。あまり赤くならない性質で助かった。

櫻子はそれに気づいているのかいないのか、視線を遠くにそらしながら、考え考え、

「でも確かに、もし私の薬指に、静馬さまとお揃いの指輪が嵌まっていたら……とても心強いと思います」

「心強い？」

予想外の言葉に、静馬は片眉を上げる。櫻子はまっすぐに首を振った。

「はい。きっとその指輪を見るたびに、自分は静馬さまの妻なんだって、確かめられるでしょう。そうしたらどんなときだって、私は私の大切なものを思い出せます。暗い道に迷い込みそうになっても、ちゃんと明るいところへ戻ってこられます。静馬さまの隣へ」

だから、と櫻子は言葉を継いだ。祈りを捧げるようなひたむきな瞳が、静馬をとらえて離さない。

「静馬さまも、どうか、忘れないでください。指輪の先には、あなたが幸福にした人間が一人いるということを。そしてその人間は、あなたに幸福をお返ししたいと願っていることを」

しばらく、静馬は答えられなかった。櫻子から目をそらせず、その黒い瞳の中で洋燈の灯りがさゆらぐのを、呼吸も止めて見入っていた。

――ほかの誰にも渡してやれない。

もう何度目かの思いが胸をよぎり、そうして、その必要はないのだとこっそり苦笑する。

約束する、と答えた声は、熱情を帯びて掠れていた。

静馬は櫻子の左手を取ると、誓うように、その薬指に口づけた。

〈了〉

あとがき

はじめまして。香月文香と申します。

「無能令嬢の契約結婚」をお手にとっていただき、ありがとうございます。

本作品は、小説投稿サイト「ノベマ！」内にて開催された第二十六回キャラクター短編小説コンテストへの応募作を長編化したものです。元は三万字ほどだった作品を、約十三万字まで加筆修正しました。

コンテストのテーマは「和風シンデレラストーリー」。加筆する際も、このテーマを念頭に置いて、色々なエピソードを膨らませていきました。

その中で大切にしていたのは、主人公である櫻子の心でした。櫻子は周囲の人間から虐げられた過去により、「普通」とは少し違った女の子になってしまっています。自分に自信がない、などを突き抜けて、自分は無価値だと認識し、それを疑うことなく当然のように受け入れています。

そんな女の子の心が、愛されることによってどんなふうに変わっていくのか。

歪かもしれなくても、何かが欠落してしまっていても、もう一度自分の足で立って、与えられた温かなものを自分の好きな人に分けられたら、それはとても素敵なことだと思います。櫻子と静馬の行く末を、最後まで見届けていただけたら嬉しいです。

　また、長編化の中で、短編には登場しなかった面々も生まれ、物語が広がったのではないかと思います。全てのキャラクターに思い入れがありますが、特に井上や御門は、深刻になりがちな話にコミカルな要素を持ち込んでくれて大変助かりました。

　最後にお礼を。「ノベマ！」で短編を読んでくださった皆様、本当にありがとうございました。いいね！や感想、本棚登録、PV数など、すべてが嬉しかったです。

　本作品をお目に留めていただいた編集部の皆様、担当編集様、校閲のご担当者様、本書に携わっていただいたすべての皆様、本当にお世話になりました。皆様のお力なしにはここまで来られませんでした。

　また、美麗なイラストで表紙を飾っていただいた新井テル子様、本当にありがとうございます。カラーラフをいただいた時点で、出先だったにもかかわらず一時間くらいずっとイラストを眺め、気づけばケーキ屋で二個ケーキを買うなどしておりました。櫻子も静馬も素敵すぎます。

　そして、本書を手に取ってくださった皆様へ、重ねてお礼を申し上げます。

　もし、またお目にかかれましたら幸いです。

香月文香

この物語はフィクションです。実在の人物、団体等とは一切関係がありません。

香月文香先生へのファンレターのあて先
〒104-0031　東京都中央区京橋1-3-1　八重洲口大栄ビル7F
スターツ出版（株）書籍編集部 気付
香月文香先生

無能令嬢の契約結婚

2023年1月28日　初版第1刷発行
2024年1月11日　　　第3刷発行

著　者　　香月文香　

発 行 人　菊地修一
デザイン　カバー　北國ヤヨイ（ucai）
　　　　　フォーマット　西村弘美
発 行 所　スターツ出版株式会社
　　　　　〒104-0031
　　　　　東京都中央区京橋1-3-1　八重洲口大栄ビル7F
　　　　　出版マーケティンググループ　TEL 03-6202-0386
　　　　　（ご注文等に関するお問い合わせ）
　　　　　URL　https://starts-pub.jp/
印 刷 所　大日本印刷株式会社

Printed in Japan

ISBN　978-4-8137-1384-5　C0193

スターツ出版文庫　好評発売中!!

『わたしを変えた恋』

転校生の彼と出会い、諦めがちだった性格が変わっていく女の子（『ラストメッセージ』望月くらげ）、「月がきれい」と呟き、付き合うことになったふたり（『十六夜の月が見ていた』犬上義彦）、毎日記憶を失ってしまう彼女に真っすぐ向き合う男の子（『こぼれた君の涙をラムネ瓶に閉じ込めて』水瀬さら）、大好きな先生に認めてもらいたくて奔走する女の子（『なにもいらない』此見えこ）、互いに惹かれ合ったふたりの最後のデートの一日（『このアイスキャンディは賞味期限切れ』櫻いいよ）。恋するすべての人が共感する切ない恋の短編集。

ISBN978-4-8137-1358-6／定価704円（本体640円+税10%）

『夜に溶けたいと願う君へ』　音《おと》はつき・著

高2の色葉は裕福な家で育ち、妹は天才ピアニスト。学校ではみんなから頼られる優等生だが、毎晩のように家を出て夜の街へと向かってしまう。誰にも言えない息苦しさから逃げるように――。そんなある夜、同じクラスの瓦井睦と家出中に偶然出会う。学校でも浮いた存在の彼と隠れて会ううち、色葉は次第に"いい子"を演じていた自分に気づく。家にも学校にも居場所がない色葉に、睦は「苦しかったら逃げたらいい」と背中を押してくれて――。

ISBN978-4-8137-1356-2／定価671円（本体610円+税10%）

『春夏秋冬あやかし郷の生贄花嫁』　琴織《ことおり》ゆき・著

かつては共存していた人と妖。だが、戦により世界は隔てられ、その真実を知るのは今や江櫻郷の民のみとなった。そんなある日、人と妖の世界を繋ぐ冥楼河に季節の花が流れてくる。それは、妖の長に生贄を差し出さなければならない知らせだった――。生贄となった少女は方舟に乗ってゆっくりと霧深い河川を進み、やがて妖の世界へとたどり着く。そこで待っていたのは……？　これは、天狗・朔弥、鬼・和月、狐・綴、白竜・閏の生贄として召し出された少女たちが、愛を知り、幸せになるまでの4つのシンデレラ物語。

ISBN978-4-8137-1357-9／定価704円（本体640円+税10%）

『平安後宮の没落姫』　藍《あい》せいあ・著

有力者であった父を亡くし、従姉の慶子とその家族に虐げられてきた咲子。ある日、慶子に連れられ侍女として後宮入りすると、そこで出会った帝・千暁は、幼い頃から想い続けてきた初恋の人で…!?　千暁は咲子に和歌を送ることで十年来の愛を告げ、妃として寵愛する。身分の低い侍女の自分が、慶子を差し置いて帝と結ばれることなどないと考えていた咲子。しかし、「俺の皇后になるのは、お前以外考えられない」と千暁からさらなる愛を注がれて…!?　平安後宮シンデレラストーリー。

ISBN978-4-8137-1359-3／定価638円（本体580円+税10%）

スターツ出版文庫　好評発売中!!

『余命　最後の日に君と』

余命を隠したまま恋人に別れを告げた主人公の嘘に涙する（『優しい嘘』冬野夜空）、命の期限が迫る中、ウエディングドレスを選びにいくふたりを描く（『世界でいちばんかわいいきみへ』此見えこ）、大好きだった彼の残した手紙がラスト予想外の感動を呼ぶ（『君のさいごの願い事』蒼山皆水）、恋をすると寿命が失われる病を抱えた主人公の命がけの恋（『愛に敗れる病』加賀美真也）、余命に絶望する主人公が同じ病と闘う少女に出会い、希望を取り戻す（『画面越しの恋』森田碧）――今を全力で生きるふたりの切ない別れを描く、感動作。

ISBN978-4-8137-1325-8／定価704円（本体640円+税10%）

『だから私は、今日も猫をかぶる』　水月《みずき》つゆ・著

母が亡くなり、父が再婚したことがきっかけで〝いい子〟を演じるようになった高２の花枝七海。七海は家でも学校でも友達といるときも猫をかぶり、無理して笑って過ごしていた。そんなある日、七海は耐え切れず日々の悩みをＳＮＳに吐き出す。すると突然“あお先輩”というアカウントからコメントが…。『俺の前ではいい子を演じようと無理しないで。ありのままでいて』そんな彼の言葉に救われ、七海は少しずつ前へと進みだす――。自分と向き合う姿に涙する青春恋愛物語。

ISBN978-4-8137-1327-2／定価660円（本体600円+税10%）

『鬼の生贄花嫁と甘い契りを三～鬼門に秘められた真実～』　湊《みなと》 祥《しょう》・著

鬼の若殿・伊吹から毎日のように唇を重ねられ、彼からの溺愛に幸せな気持ちいっぱいの凛。ある日、人間界で行方不明者が続出する事件が起き、被害者のひとりは、なんと凛の妹・蘭だった。彼女はかつて両親とともに凛を虐げていた存在。それでも命が危うい妹を助けたいと凛は伊吹に申し出、凛のためなら一緒に立ち向かうと約束してくれる。狛犬の阿傍や薬師・甘緒の登場でだんだんと真実に迫っていくが、伊吹と凛のふたりの愛を引き裂こうとする存在も現れて…⁉　超人気和風あやかしシンデレラストーリー第三弾！

ISBN978-4-8137-1326-5／定価671円（本体610円+税10%）

『後宮薬膳妃～薬膳料理が紡ぐふたりの愛～』　朝比奈希夜《あさひなきよ》・著

薬膳料理で人々を癒す平凡な村娘・麗華。ある日突然、皇帝から呼び寄せられ後宮入りすると、そこに皇帝として現れたのは、かつて村で麗華の料理で元気になった青年・劉伶だった。そして麗華は劉伶の専属の料理係に任命されて…⁉　戸惑う麗華だったが、得意の料理で後宮を癒していく。しかし、ただの料理係だったはずが、「麗華を皇后として迎え入れたい」と劉伶のさらなる寵愛を受けて――。薬膳料理×後宮シンデレラストーリー。

ISBN978-4-8137-1328-9／定価682円（本体620円+税10%）